EL AVE DE MIS SUEÑOS

María Mercedes Gessen

Ilustraciones de Diana Reyes Nieto

B LiBROS

©EL AVE DE MIS SUEÑOS

©María Mercedes Gessen

ISBN: 9798824102918

Coordinación editorial: Roger Michelena @Libreros
Corrección: Jorge Gómez Jiménez @CorreccionT
Diseño y diagramación: Mariano Rosas @booksmakers
Ilustraciones: Diana Reyes Nieto

Primera edición: mayo 2022
Copyright© de la presente edición: FB Libros C.A.
FB Libros: 58+424.1158066
ficcionbrevelibros@gmail.com

Todos los derechos reservados. Bajo las sanciones establecidas en las leyes, queda rigurosamente prohibida, sin autorización escrita de los titulares de *copyright*, la reproducción total o parcial de esta obra por cualquier medio o procedimiento, sea electrónico, mecánico, fotocopia, por grabación u otros, así como la distribución de ejemplares mediante alquiler o préstamos públicos.

A mis hijos, sus hijos y a todos los hijos del mundo...

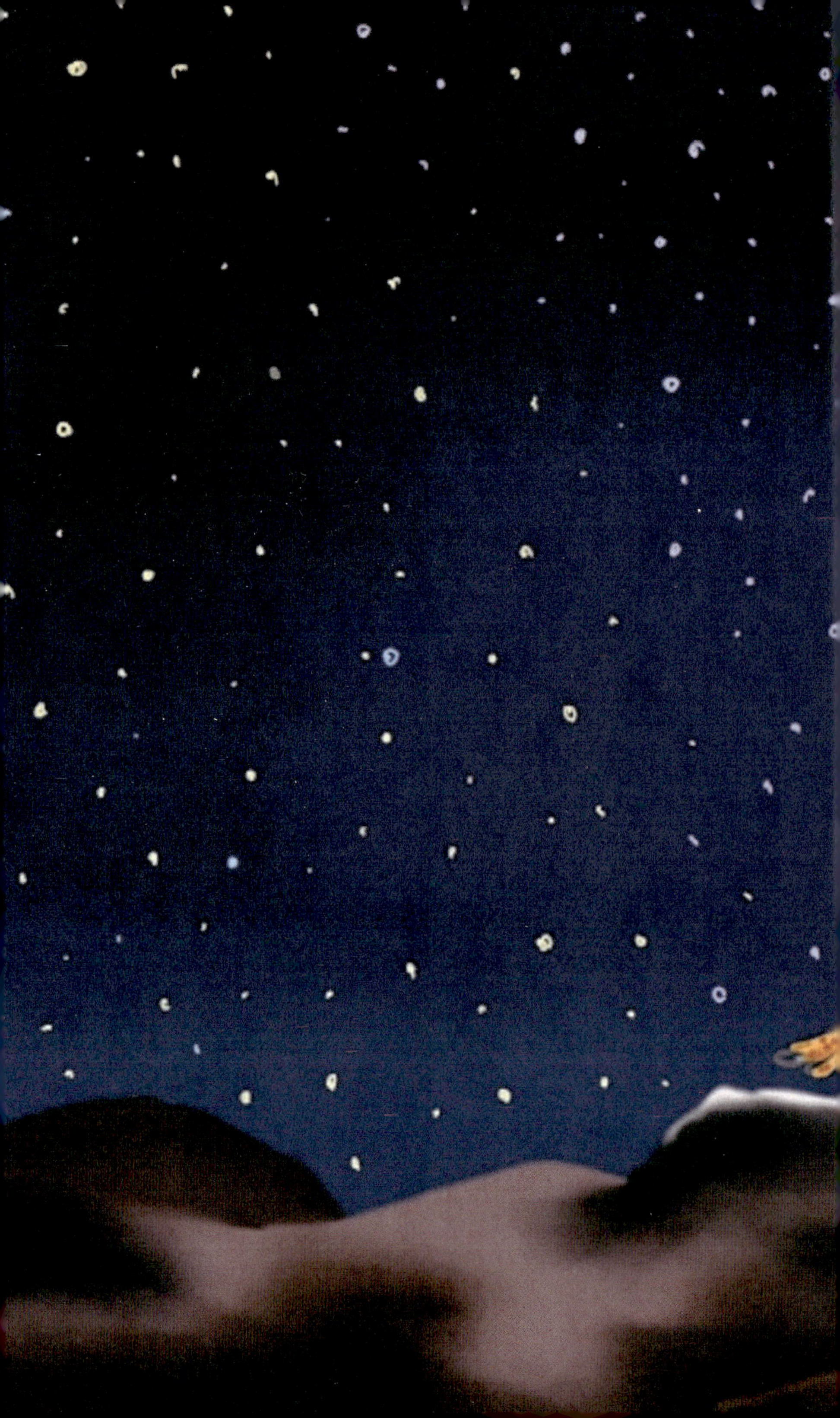

Y así durmieron.

Para el día de Navidad, el padre del niño llegó muy contento porque había conseguido un buen trabajo y esa misma noche toda la familia se reunió feliz.

Al día siguiente, el niño volvió al árbol para conversar con el ave y le dijo:

—Mi deseo se convirtió en realidad y lo más importante es lo que tú me enseñaste, la conexión con la Presencia Universal.

Estaba muy agradecido y juntos cantaron y jugaron.

Espíritu de la Navidad

En este día de la noche más larga del año, el ave le dijo al niño que pidiera con toda la fuerza de su mente y de su corazón, que pronto sus sueños se harían realidad, y así lo hizo.

Por su parte, esa misma noche, el ave y sus compañeros vieron en el cielo una enorme estrella. ¡La más grande que habían visto! De pronto ella les habló:

—Soy la estrella de Navidad. Hoy es una noche muy especial. Que todos los seres sean felices, que todos los seres sean dichosos, que estén en armonía y en paz.

miró al cielo, habló con la estrella Casiopea y le preguntó qué debía hacer. Ella le dijo:

—Dios o la Presencia Universal es como el aire: no lo puedes ver; sin embargo, lo sientes, está dentro de nosotros y nosotros en Él. Está presente en todas las partes. Pronto vendrá el Solsticio de Invierno y una inmensa energía les dará fuerza, paz y amor, si abren su mente y su corazón.

Al día siguiente volvió con una fruta en el pico para el niño, y le contó lo que le había dicho la estrella. El niño, asombrado, quedó en silencio.

Se vieron los siguientes días y se hicieron amigos, y pronto el contento volvió al rostro del niño.

—¡Qué bella melodía!

El ave se dio cuenta de que la entendía, y le preguntó:

—¿Por qué estás tan triste, si todo a tu alrededor es tan lindo?

Entonces el niño contestó:

—Es que mis padres no tienen trabajo y estamos pasando mucha necesidad.

De pronto, el niño, asombrado, se dio cuenta de que estaba hablando con un ave.

—¿Cómo es que puedo hablar contigo si no eres loro?

El ave le dijo que en otra oportunidad se lo explicaría y emprendió su vuelo de regreso. En la noche, muy conmovida por lo que había dicho el niño,

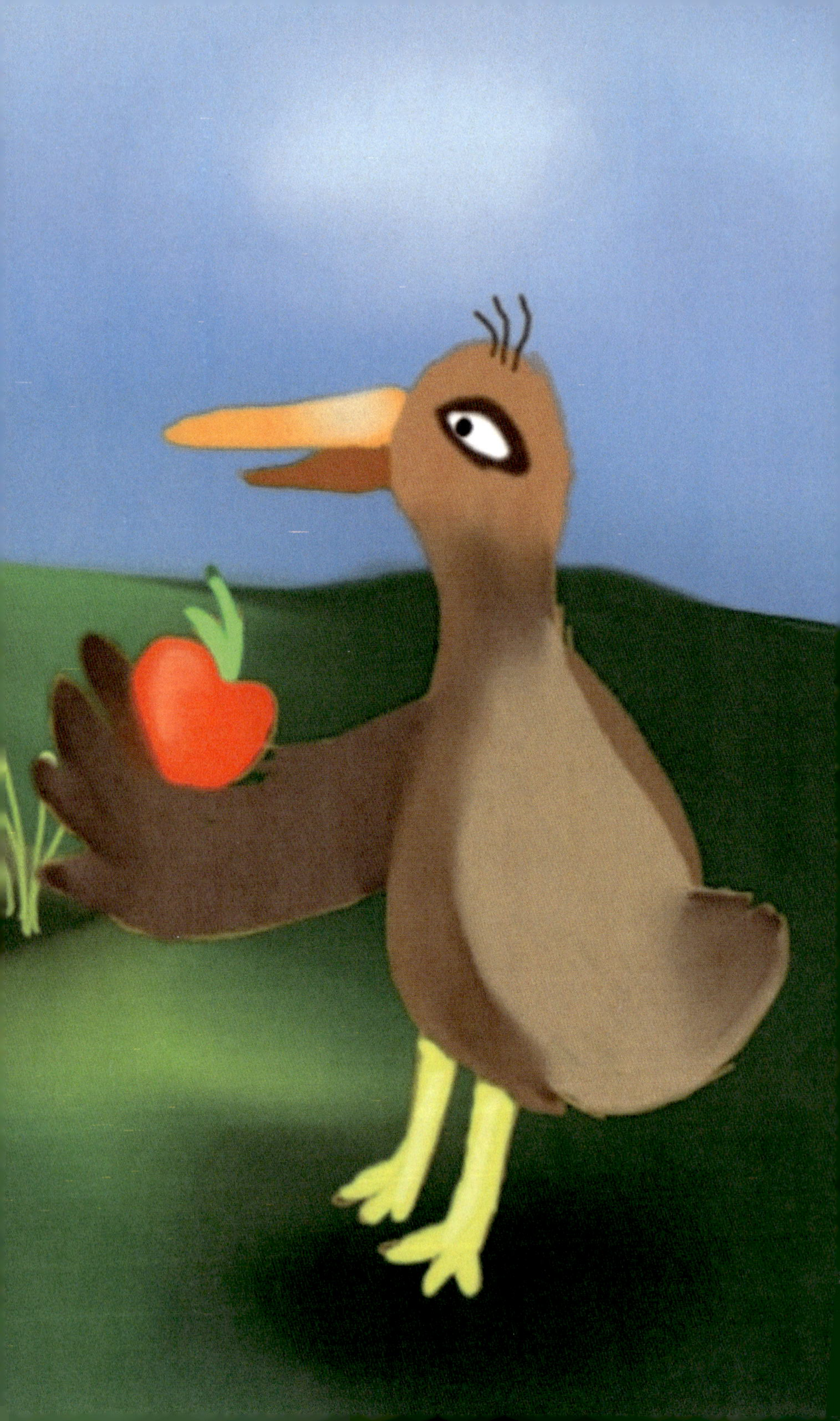

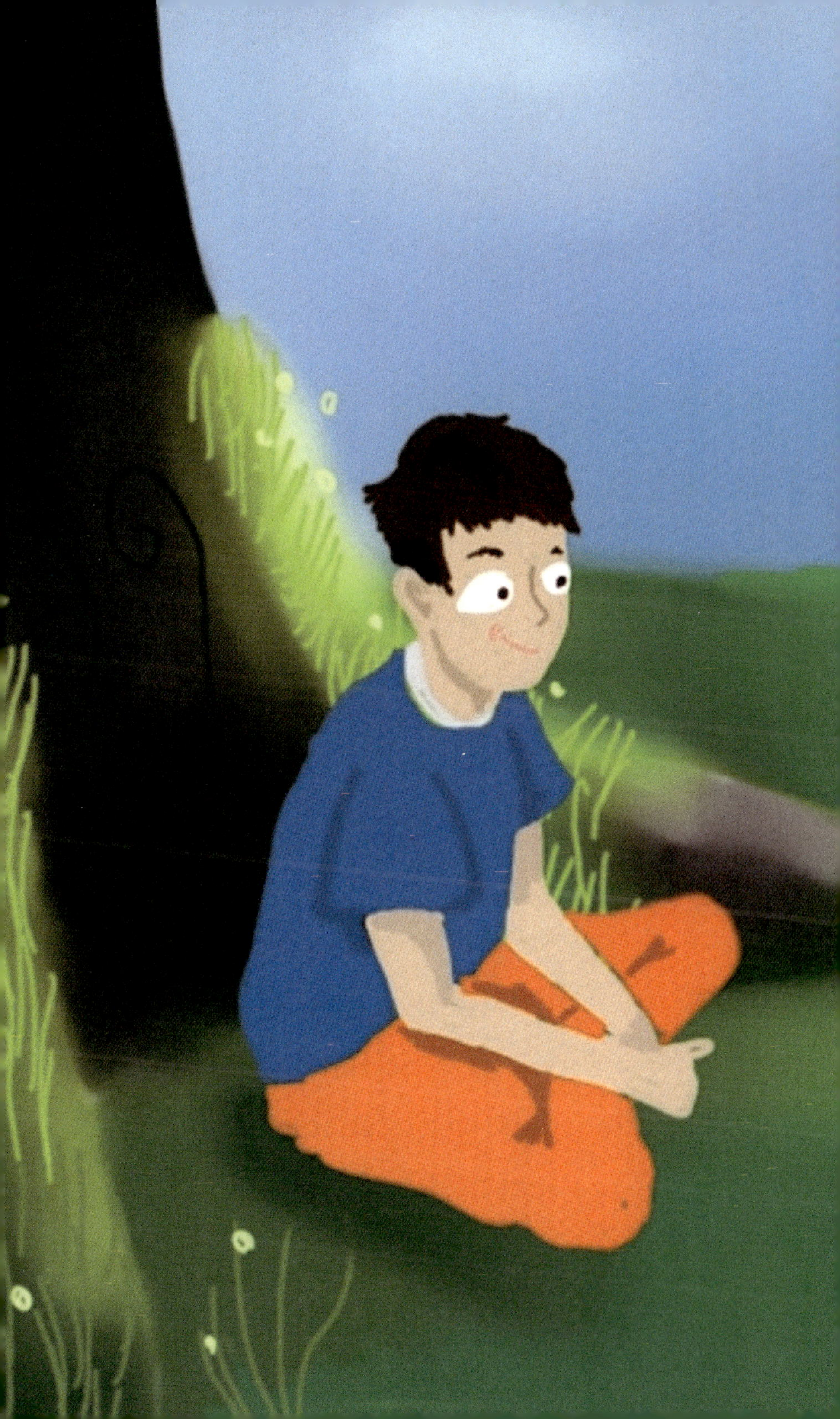

El ave y el niño

Llegó el frío del norte y los días de cielo azul. Las noches cada vez más largas. Todos juntos se reunían para darse calor, y muchos eran los cuentos que se oían. Los animalitos más jóvenes correteaban por doquier.

Una mañana, el ave volaba bajito por las corrientes de aire fresco y así se fue hasta un pueblito cercano. Se posó en lo alto de un árbol a cuya sombra reposaba un niño con muchísimo frío y carita muy triste. Le llamó mucho la atención y para alegrarlo le entonó una hermosa canción. El niño volteó y exclamó:

—Entrenaste bien, pero igualmente tenías que entrenar tus emociones. Asimismo, le dijo que lo importante cuando uno se cae es levantarse de nuevo. Más vale un minuto de amor, amistad y alegría que un minuto de rabia y pelea. El buen humor es la clave del entusiasmo y la felicidad.

—Si entiendes esto no importa lo que pase: llegues de primero o de último, siempre ganarás —agregó Venus—. ¡Hay que ser generosos!...

Al día siguiente el ave buscó al mono, lo saludó y lo felicitó con entusiasmo y alegría. Luego jugaron y se divirtieron mucho.

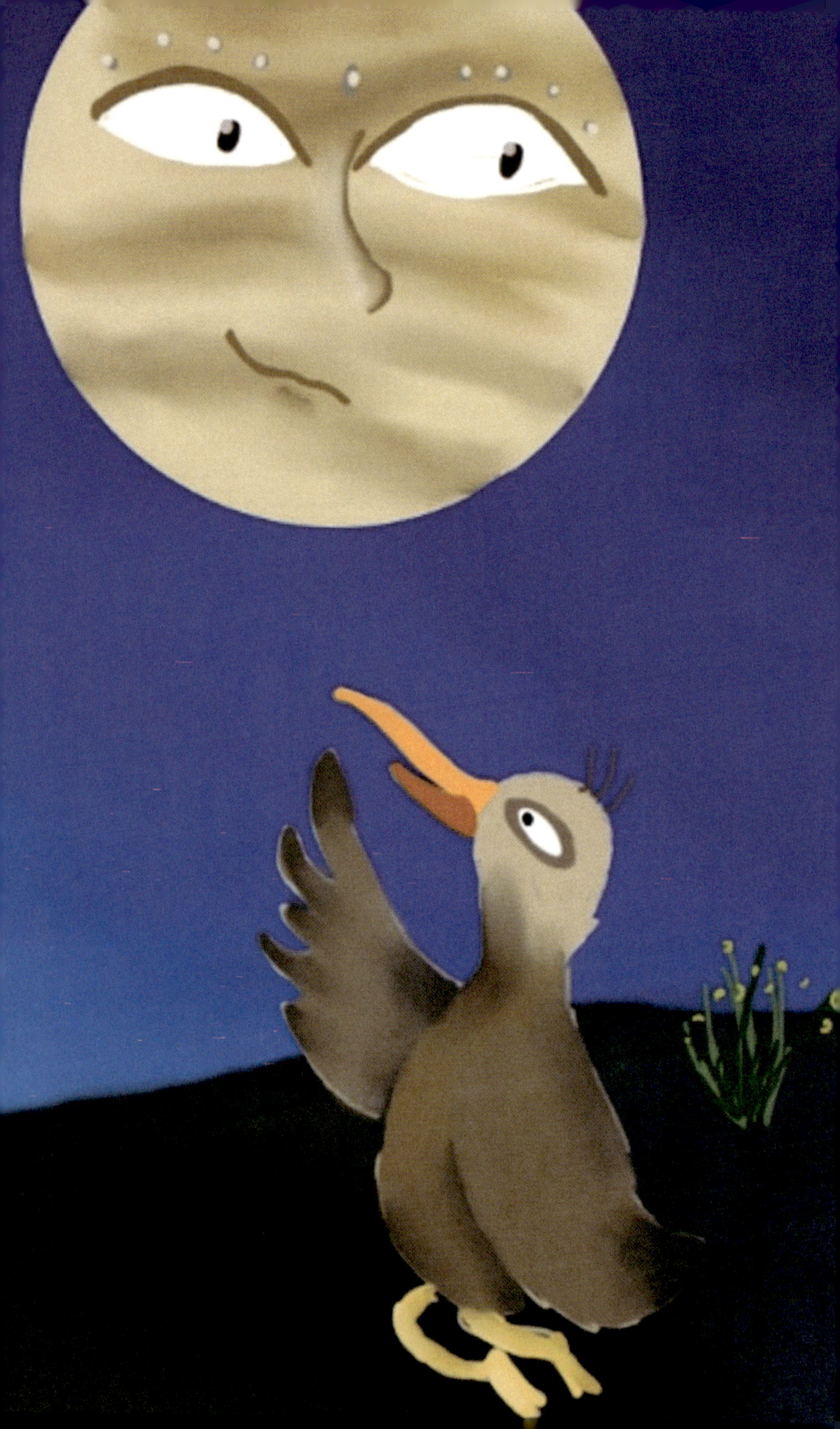

ba rápido, el conejo se avispó y siguió adelante. El ave ya no la tenía tan fácil, faltaban solo unos metros para la meta y los cuatro iban cabeza a cabeza, así que se esforzó aún más; sin embargo, el mono ganó la carrera, y ya que a él le encanta ser el centro de atención, comenzó a burlarse de los demás.

El ave, el pato y el conejo se pusieron muy bravos porque ellos querían ganar y no les gustó lo que el mono hacía. Se formó una trifulca, se pusieron a pelear entre los que estaban apoyando a unos y a otros. Luego se calmaron, pero el ave no se sentía bien y en la noche volvió a buscar la respuesta en los cielos. Júpiter y Venus estaban juntos, y Júpiter le habló:

Para divertirse, decidieron organizar una carrera de sacos para cerrar así los eventos del mes. El ave pensó:

—Yo quiero concursar, pero debo entrenar para poder brincar bien en la carrera.

Así lo hizo, y llegó el día del torneo.

Todos se acomodaron para la partida y arrancaron. Al conejo, confiado porque sabía brincar, le resultó que no era lo mismo con el saco. Al perro, la cabra, el buey, el cerdo y el caballo se les enredaban las cuatro patas. ¡Qué complicación! El ave, que había practicado, sintió que tenía oportunidad, puso más empeño e iba ganando, pero de pronto apareció el mono quien tomó la delantera, el pato que estaba de visita brinca-

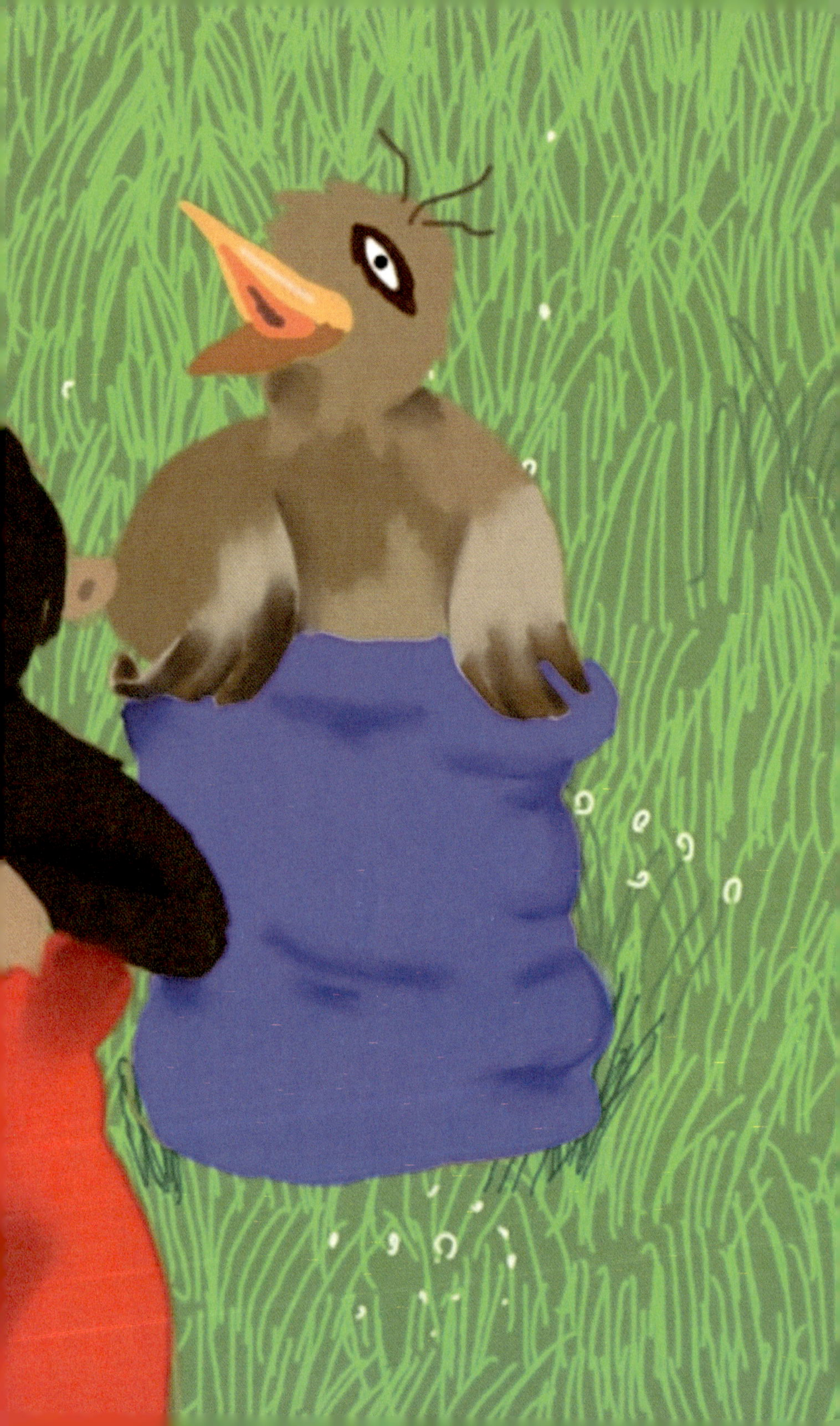

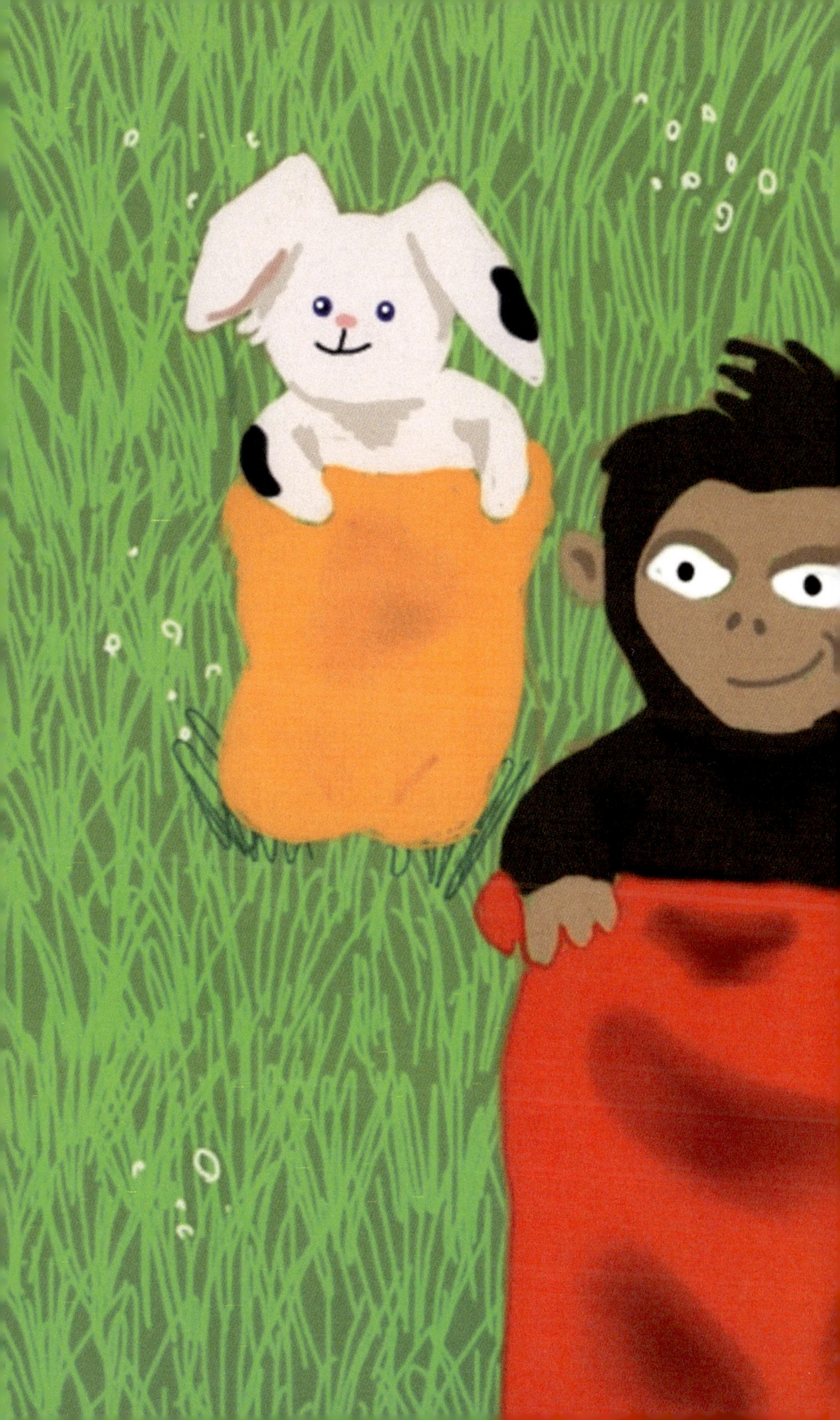

El ave fortalece sus extremidades y sus emociones

La temporada de lluvia había pasado. Los días comenzaban a hacerse más cortos y los patos llegaban del norte, huyéndole al frío invierno. La abundante cosecha fue producto del buen cuidado de todos.

Se reunieron felices para dar gracias a la Madre Tierra y a la Divina Providencia por la vida y la bonanza recibida. También, unos a otros se dieron las gracias por el trabajo realizado, por la amistad y el amor compartido.

al ave agotada, sin comida ni agua. La gaviota se acercó y de su pico le dio alimento y bebida. El ave sintió que había vuelto a nacer y, un poquito más recuperada, emprendió el vuelo de regreso socorrida por la gaviota.

Llegaron, y todos les dieron la bienvenida. El ave les contó lo acontecido mientras lloraba de alegría por volverlos a ver. ¡Le habían salvado la vida!

Al atardecer miró al cielo en busca de las estrellas. Vio a Marte y este le dijo:

—Todos tus compañeros te demostraron el amor que te tienen. ¡Cosechaste lo que sembraste!

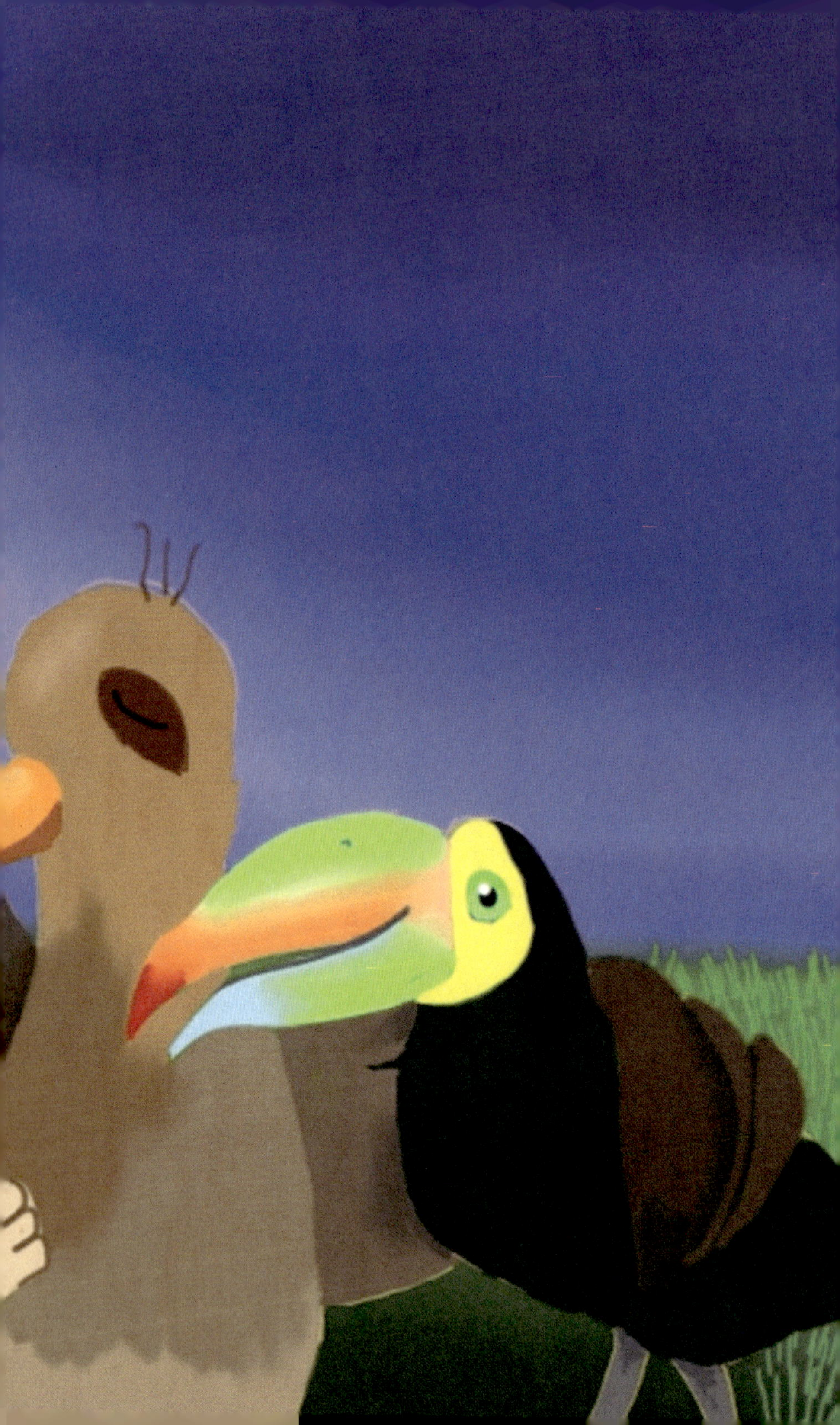

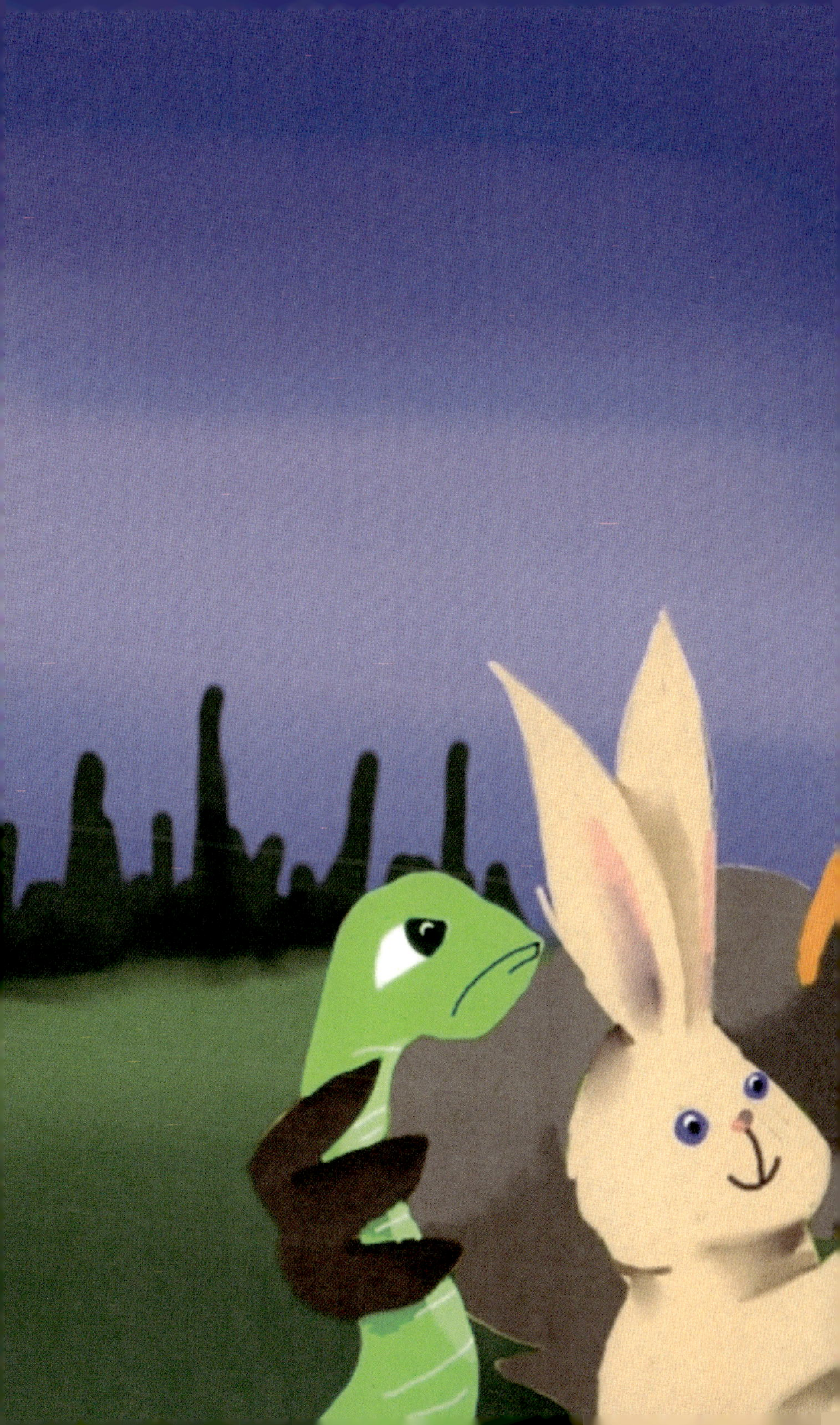

Siguió volando y divisó una isla que no tenía árboles grandes. Allí se posó y volteó para todos lados, pero nada era conocido. De pronto, dio inicio la lluvia, las nubes grises sonaban estruendosamente. Rayos y centellas. Llovió y llovió.

Después de la tormenta todos sus amigos se reunieron sin el ave, y afortunadamente estaban bien. Pasaron tres días y, extrañados de que esta no aparecía, empezaron a preocuparse y decidieron todos juntos emitir sonidos de esperanza y mandar un mensaje de rescate para ella. Una gaviota escuchó la señal de ayuda de los amigos del ave y se apresuró a buscarla. Siguió su instinto y fue a la pequeña isla. Allí encontró

Cosechas lo que siembras

Al día siguiente el ave voló tras una corriente de aire caliente y subió hasta las alturas siguiendo el impulso del aire. La corriente la llevaba sin mucho esfuerzo, pero de repente miró hacia abajo y todo era azul igual que el cielo: había descubierto el inmenso mar. Bajó y todo era agua, mucha agua. Estaba desorientada, no sabía dónde estaba, y no tenía dónde descansar. Esto le dio miedo. Y se preguntó:

—¿Qué hago? ¿Cómo salgo de aquí?...

va la naturaleza y a los otros animales, y así sabrás lo que va a pasar.

En la noche volteó a los cielos y Venus le comentó:

—Hoy el aire te enseñó algo muy importante, pero sé prudente y recuerda que en todo debe haber balance y equilibrio.

en el agua. Todo lucía tranquilo e imponente. El ave permaneció un rato escuchando la música de la naturaleza, y de pronto un nefasto recuerdo apareció en su mente, ¡el día de la inundación! Y sintió que esto podría volver a ocurrir. Emprendió su regreso a casa porque vio algunas nubes en el cielo y cuando estaba volando, el Aire le habló:

—Te voy a enseñar cuándo va a llover y cuándo habrá tormenta: si me sientes como una corriente caliente que sube, y esta te da velocidad para un vuelo ascendente, es que se avecina la lluvia. Si las nubes se tornan grises y llenas de diminutas gotas de agua, lloverá. Si en la tierra las ranas cantan, las gallinas están inquietas, también lloverá. Obser-

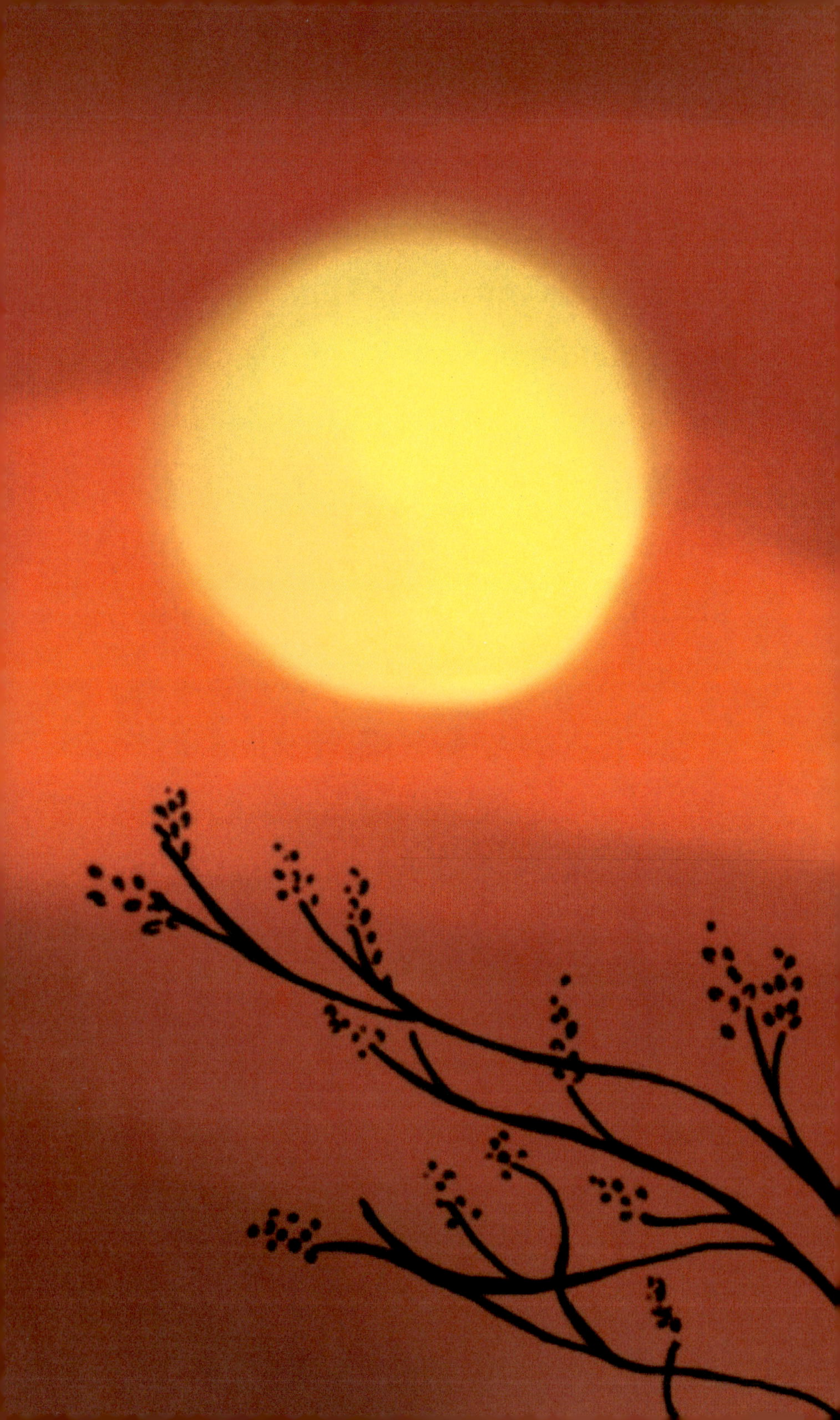

El balance y el equilibrio

A continuación, descansó confiada hasta el día siguiente. El ave se despertó sedienta y voló al río para tomar agua. Allí observó cómo la corriente se veía como múltiples hilos de plata con los rayos del Sol. En la orilla reposaba un cocodrilo con su bocota abierta refrescándose. El mono jugueteaba entre los árboles, las coloridas mariposas revoloteaban sin cesar, y la sigilosa serpiente se escondía entre los troncos. A lo lejos había una hermosa cascada cuyas gotas se deslizaban como millones de perlas para caer

cuidado, los cultivos crecían a un ritmo increíble. Una noche, la estrella Espiga le habló:

—Con el esfuerzo de todos se han convertido en compañeros y muy pronto verán los frutos. En la naturaleza podrás sentir los cuatro elementos y ellos te dirán cómo usarlos para progresar.

al ave y esta, al ver también la multitud, abrió sus alas sorprendida. Inspiró y dijo lo que le había dicho la Madre Tierra el día del Solsticio de Verano:

—La Madre Tierra quiere que sepan que todos ustedes están en ella y ella en ustedes, y juntos hacemos este enorme hogar que llamamos planeta Tierra. Tenemos que cuidarnos mucho y hacer que todos los que viven aquí, así lo sepan. Si le hacen daño, se dañan ustedes mismos, si la destruyen, se destruyen ustedes también.

Entonces, se organizaron y formaron un gran equipo. Todos comenzaron a trabajar unidos en ese propósito.

Pasaron los días y con el trabajo laborioso todo se veía lindo y muy bien

Mensaje de la Madre Tierra

Al día siguiente, al amanecer, el ave fue a visitar al señor Gallo para cantarle al Sol. Este, al verla, le notó algo diferente, y era que el ave tenía grabada en las plumas del pecho una hermosa estrella amarilla.

—¿Qué te sucedió? —preguntó el Gallo.

Y el ave, que no se había dado cuenta de la estrella sino hasta ese momento, le contó lo ocurrido. Enseguida el gallo asombrado se lo anunció a todos con su potente canto. Muchos acudieron a ver disco rojo. Luego, agradecida, regresó a su casa.

El golpe fue grande. Atontada, seguía sin poder ver y su corazón latía con gran intensidad. Un rayo del gran astro Sol tocó su corazón. Entonces se volteó y vio que se encontraba en la cima de un volcán. Estaba asombrada de cómo se movía la lava. En ese momento, la Madre Tierra, con una gran generosidad, le habló:

—Recibe en tu corazón la fuerza del Sol, y yo me abro ante ti y te muestro mi interior y con ello te doy mi magnetismo.

Ante lo recibido, sintió como un éxtasis y un gran amor. Permaneció en lo alto del volcán hasta el atardecer, viendo cómo el ardiente Sol se iba ocultando en el horizonte como un luminoso

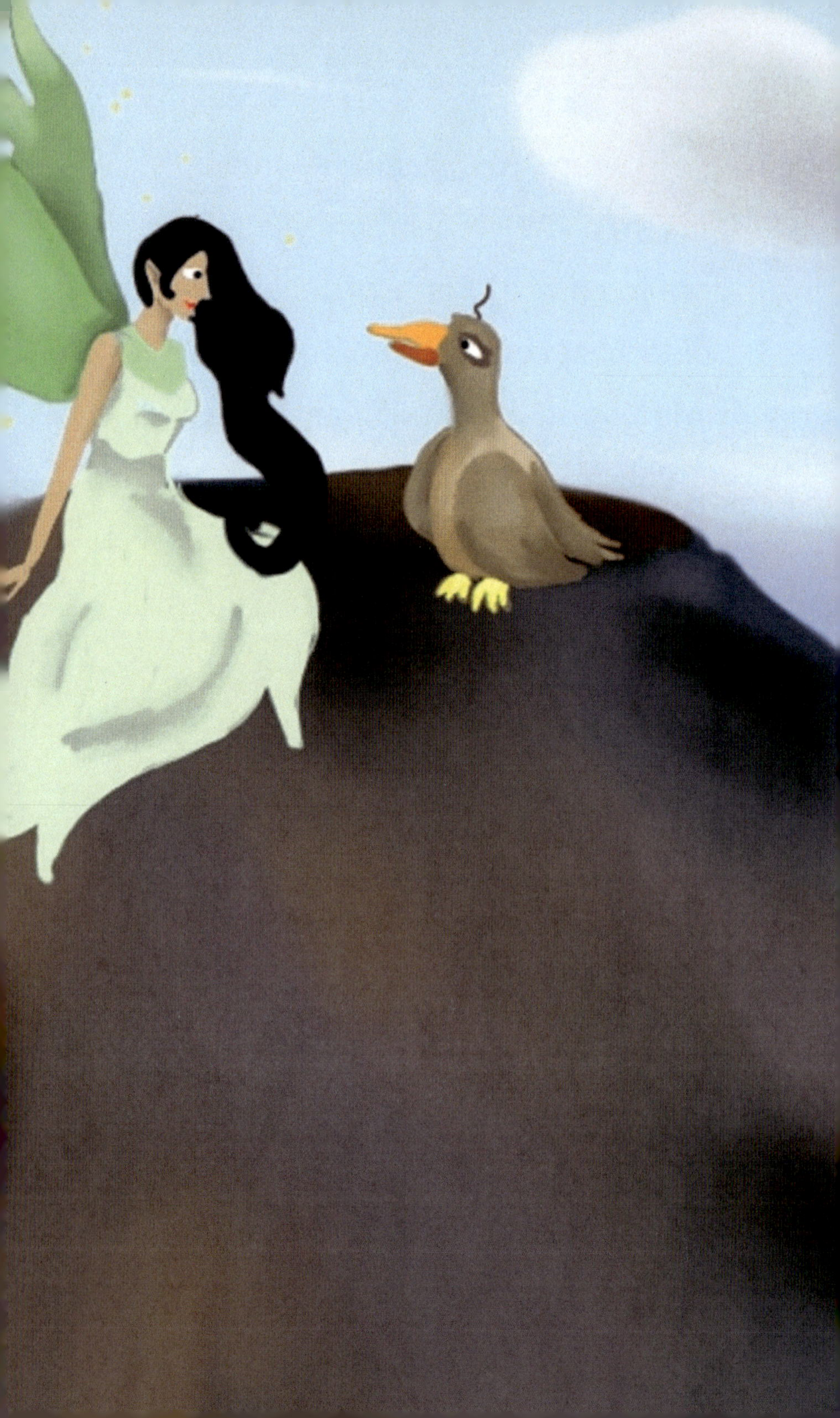

El ave recibe una estrella del Sol y de la Madre Tierra

Era un hermoso día de verano y el Sol brillaba en su máximo esplendor. Hacía mucho calor y por ello el ave decidió que era un lindo día para volar, sentir la frescura del aire y los rayos del sol. De pronto una intensa luz encandiló su visión. Angustiada, no podía ver a dónde se dirigía. Pensó que lo mejor era subir un poco para no chocar con ningún obstáculo. Mientras más se elevaba, más era la luz y menos veía. Repentinamente, con un gran tropezón aterrizó en lo alto de lo que parecía una montaña.

Había comido en exceso, tenía muy inflado el estómago y no podía dormir ni ponerle mucha atención a lo que le decía la Tierra. Muy inquieta, daba vueltas para un lado y para el otro. Viendo esto, la Luna, sonriendo, le dijo:

—Lo que pasa es que tienes mala digestión, comiste demasiado, por eso te sientes tan mal. Todos los excesos son malos, lo importante es la justa medida para todo. ¡Pon mucha atención! Recuerda siempre esto y lo que te dijo la Madre Tierra.

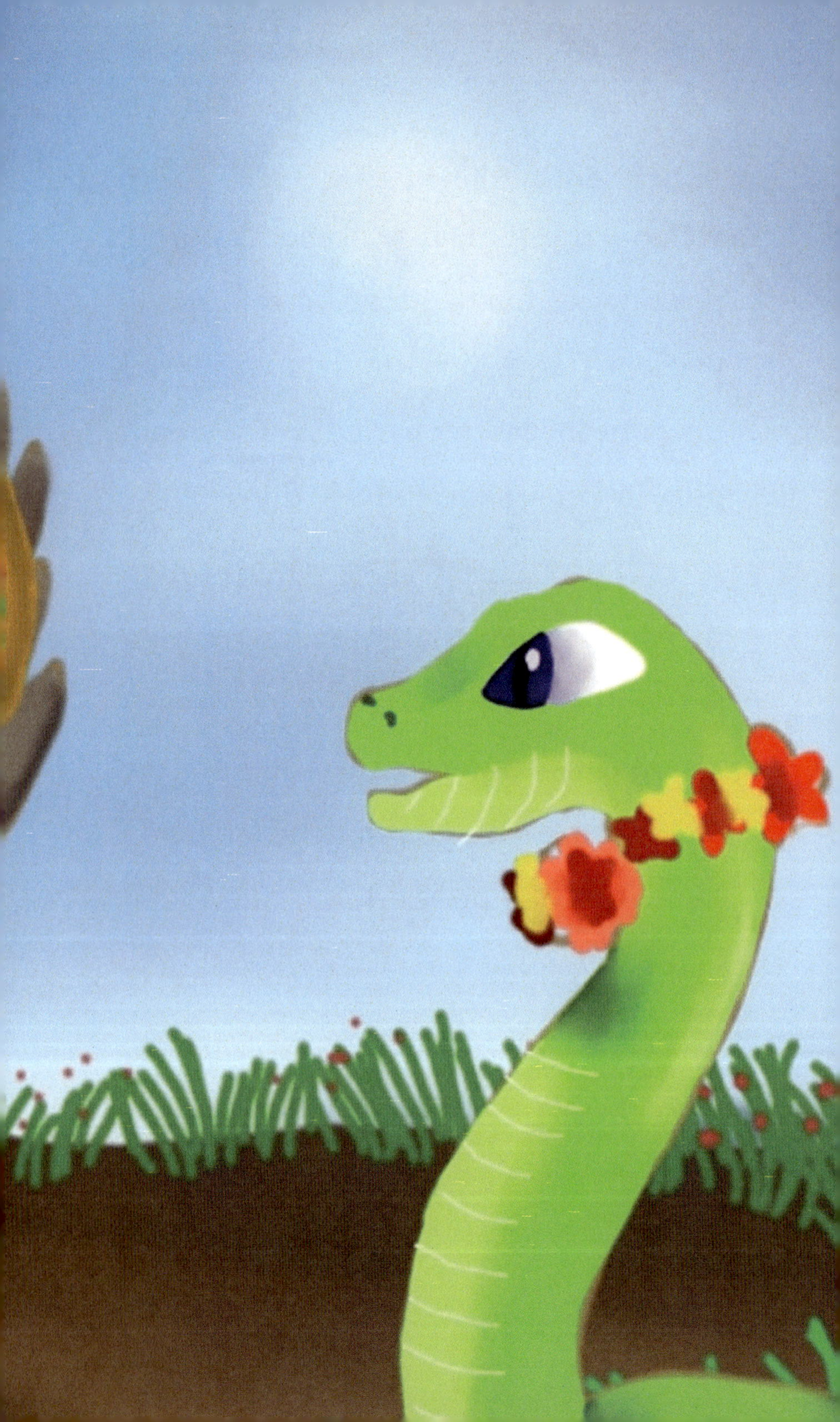

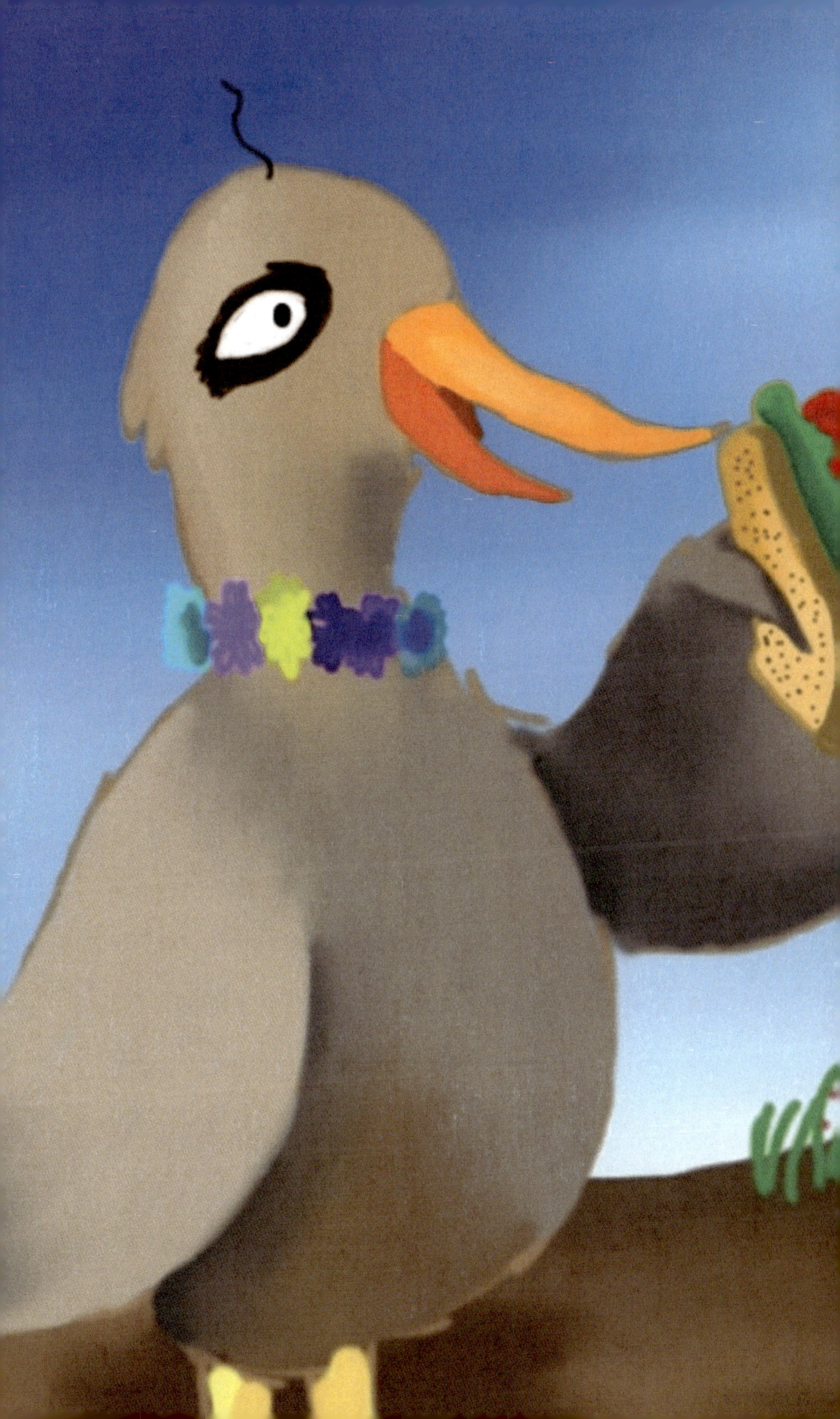

alegre y divertido Mono y la seductora Serpiente.

El ave regresó de su vuelo y feliz asistió a la gran celebración. Bailó, comió y se divirtió con todos los invitados. Cansada, en la noche se disponía a dormir cuando la Madre Tierra le habló y le dijo:

—Todos ustedes están en mí, yo en ustedes, y juntos hacemos este enorme hogar que llamamos planeta Tierra. Tenemos que cuidarnos mucho y hacer que todos los que viven aquí, así lo sepan. Si me hacen daño, se dañan ustedes mismos, si me destruyen, se destruyen ustedes también. Todo lo que pudiste ver en tu primer vuelo te da una idea de lo que somos.

El Solsticio de Verano

Llegó el Solsticio de Verano y con él el día más largo del año. En este tiempo las Hadas bailan al compás de los rayos del sol y los Gnomos trabajan apresurados para ayudar a la naturaleza en su tarea de producir las cosechas. Estas serán recogidas en otoño para tener todo listo en el frío invierno.

Todos estaban muy felices de celebrar este importante día y se preparaban para una alegre fiesta; además, tenían nuevos invitados que venían de la selva: el imponente y atractivo Tigre, el

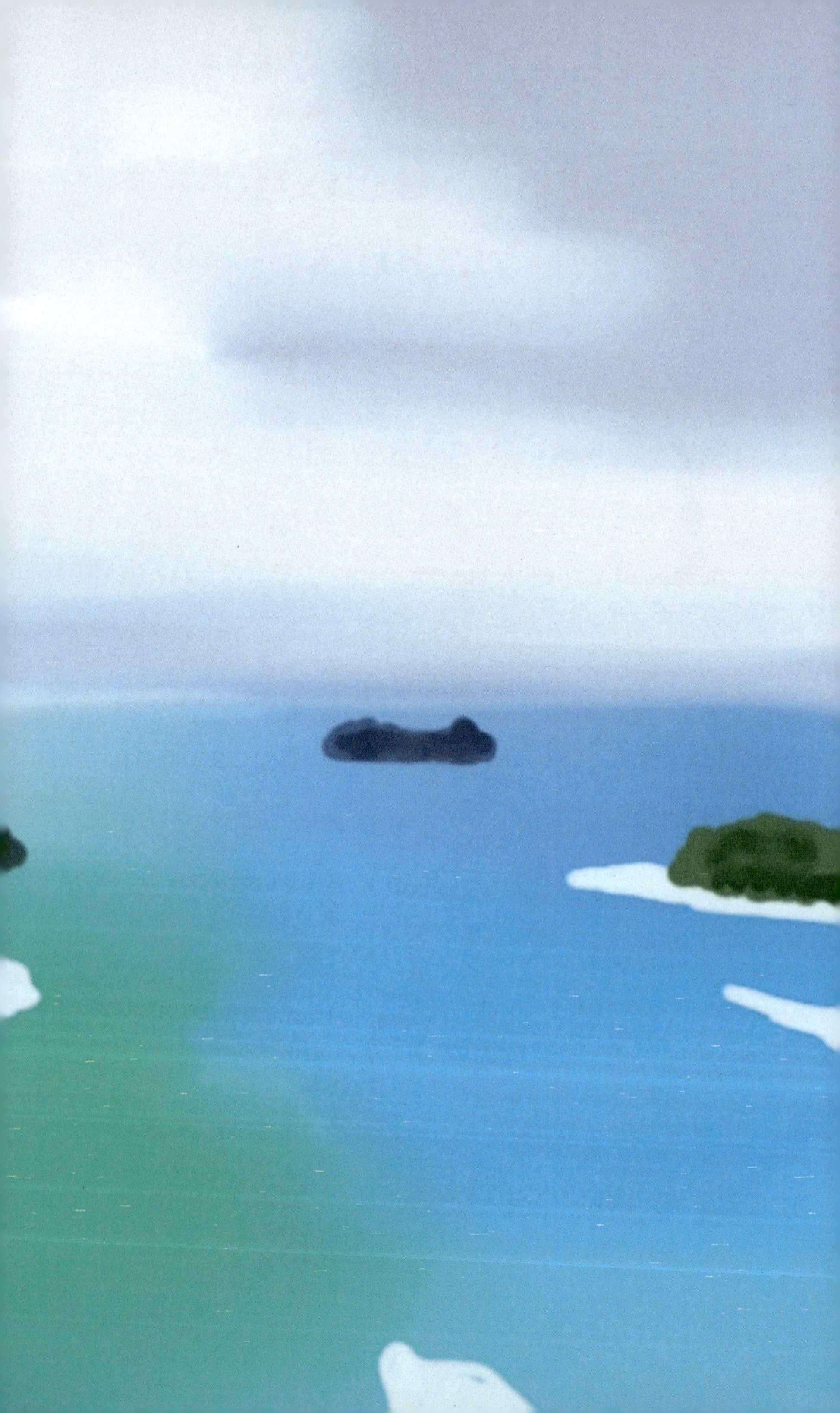

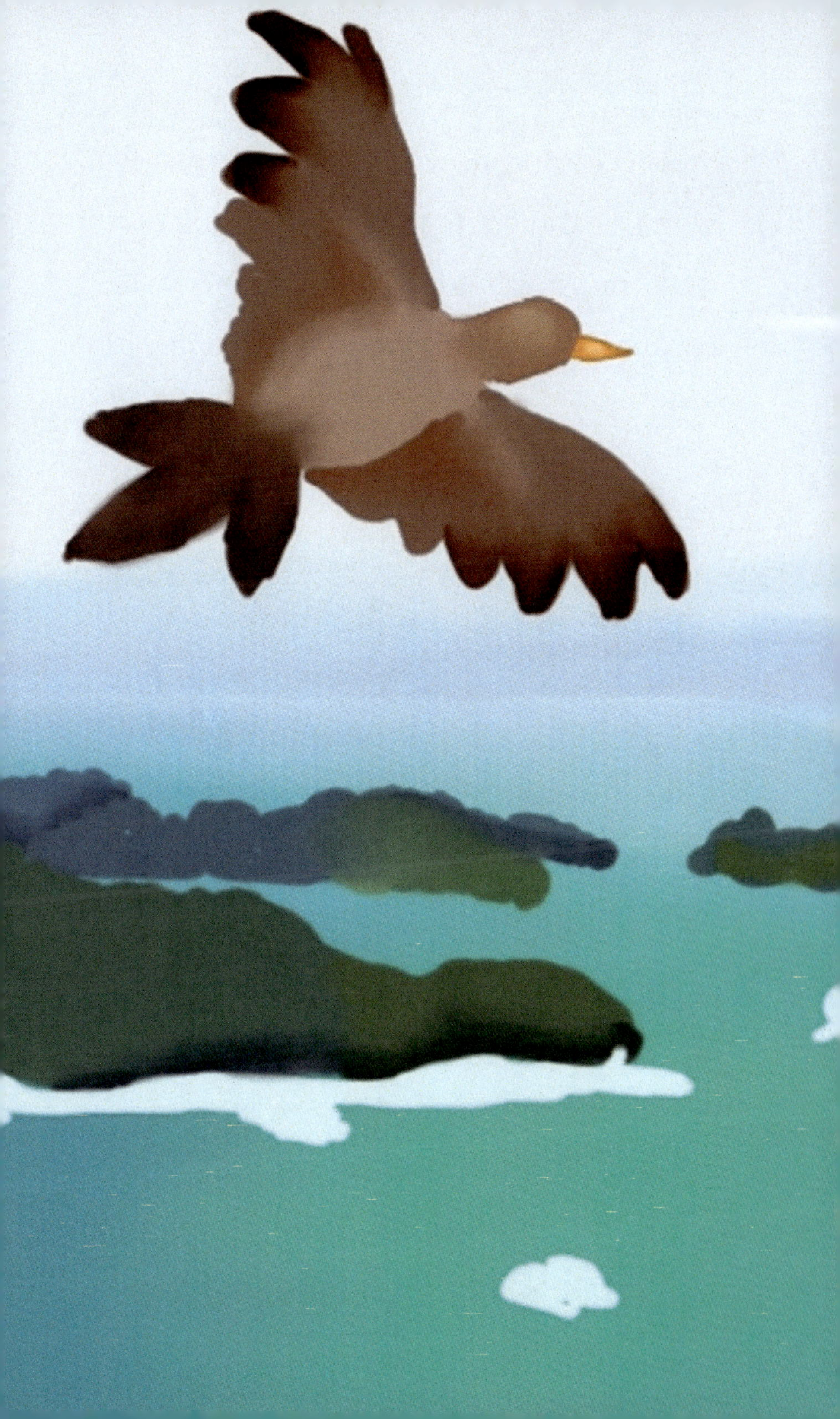

otorgó el don de volar. Se notó más liviana, se dio cuenta de que contaba con unas hermosas alas, las extendió y, al compás del viento, remontó hacia las alturas.

—¿Qué es esto? —se dijo—, ¡puedo volar, además de caminar! ¡Qué distinto se ve todo desde arriba!...

A partir de ese momento todo cambió para ella, y esto le permitió dar rienda suelta a su imaginación. Subió hasta el tope de una montaña, vio a los cielos y el planeta Mercurio le dijo:

—No solo puedes caminar sino volar. A veces serás de una manera u otra; lo importante es que siempre recuerdes quién eres.

El ave y el aire

Un buen día, mientras le cantaba al Sol, junto con su amigo el Gallo, percibió cómo el aire le tocaba su rostro y se volteó a ver a su compañero, quien hinchaba su pecho y cantaba su alegre canción. El ave sintió más el aire, este penetró su cuerpo como una corriente y así se llenó de fuerza y vitalidad. De pronto el aire le habló y le dijo:

—Estoy muy feliz de que hayas notado mi presencia. ¿Sabes?, ¡sin mí no puedes vivir!

El ave sorprendida con lo que escuchaba le dio las gracias y el viento le

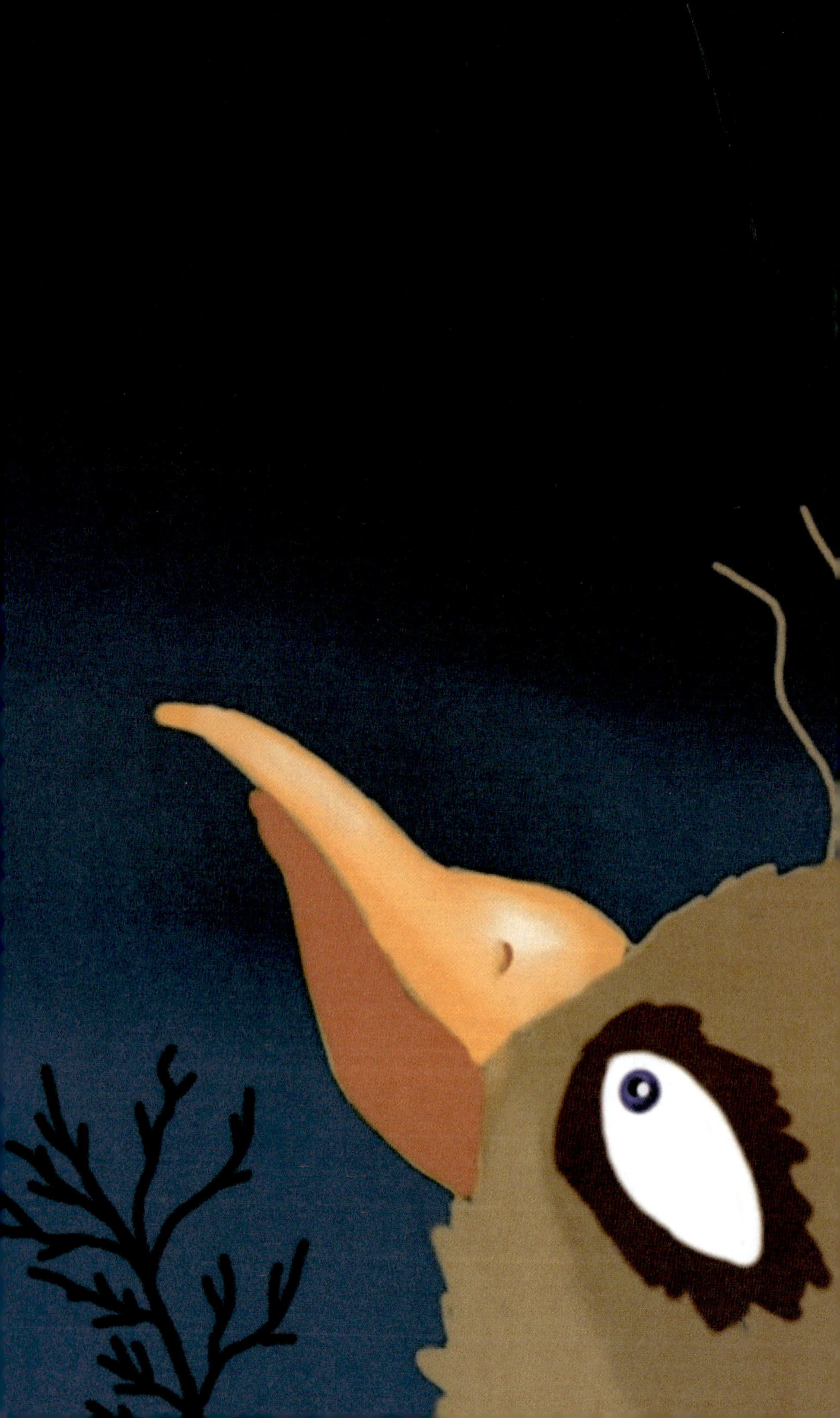

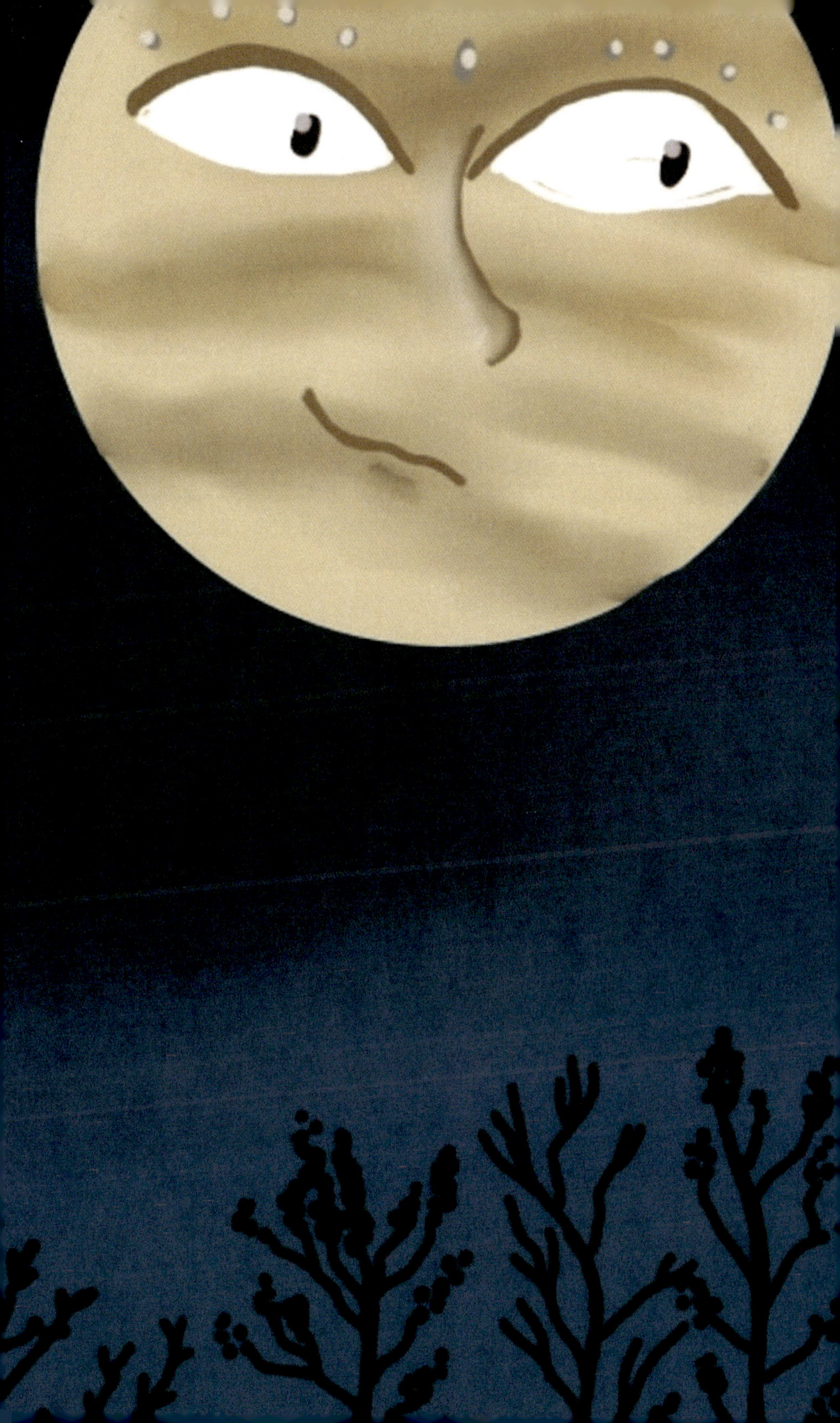

Así, día a día, fue con sus nuevos amigos a escucharlos. Captaba sus sonidos, luego se afinaba la garganta como le había dicho Venus y posteriormente repetía lo que escuchaba. Asimismo, lo hizo hasta que sintió que podía hablarles. Al amanecer fue con el gallo y ambos le cantaron al Sol.

Todos los días el señor Gallo le contaba lo que pasaba a su alrededor. Ella, a su vez, le daba su parecer. Comprendió que además de comunicarse era muy importante dar y recibir con amor. Esa noche, al ver el cielo, era Venus quien le esperaba ansioso para darle las gracias por seguir extendiendo el mensaje de amor.

generoso Cerdo, al Buey trabajador, al tímido Conejo, al enérgico Caballo y a la sensible Cabra.

Todo eso la aturdía mucho. Era como escuchar en su cabeza a todos hablando a la vez. Confundida, se fue a casa. Nuevamente en la noche buscó respuestas en los cielos y fue el hermoso planeta Venus quien le respondió:

—Así como nos escuchas a nosotros los planetas y las estrellas, así podrás escuchar y comunicarte con todos ellos, pero para que lo logres tendrás que afinar tu garganta, repetirás varias veces durante el día estas sílabas hasta que domines los tonos: NI, NE, NO, NU, NA. Cuando lo consigas podrás hablarles a todos y aprenderás mucho de ellos y ellos a su vez de ti.

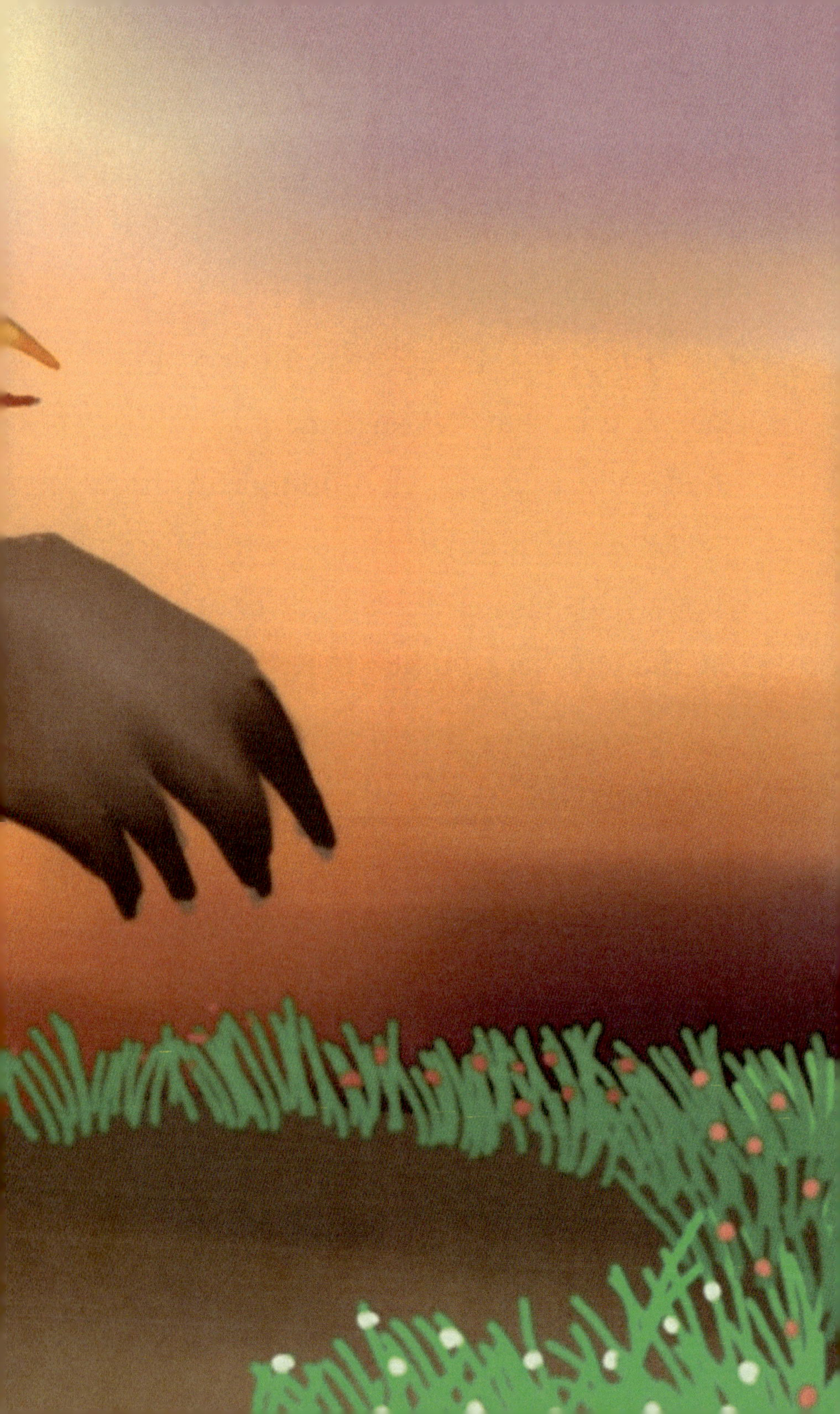

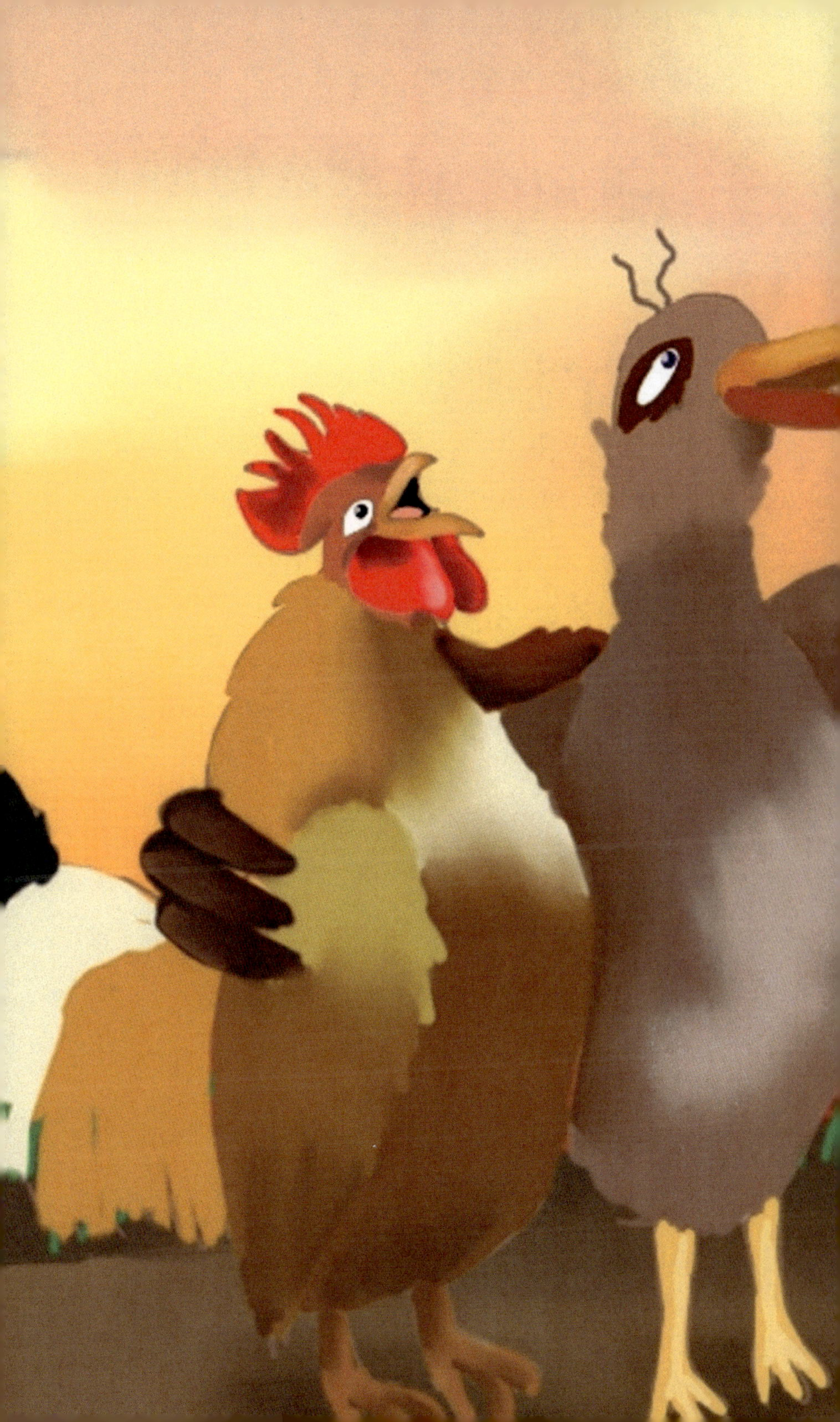

La comunicación

Un buen día, observando lo que le brindaba la Madre Tierra, empezó a notar algo muy peculiar: ¡podía escuchar y entender a otros animales!... El primero fue el Gallo, quien le cantaba al Sol cada amanecer.

—Qué curioso —dijo el ave—, ¡entiendo su canto!...

Y extrañada pensó que eran ideas raras. Se quedó un rato observando y notó que el gallo estaba enterado de todo lo que sucedía a su alrededor. Siguió su camino y escuchó al Perro cuidador, a la astuta y habilidosa Rata, al simpático y bían o bajaban de acuerdo a la Luna, o a las estaciones del año. En ese instante, el Reino Vegetal le habló y le indicó que ellos eran los encargados por la Tierra de brindarles, a todos los seres del Reino Animal, el alimento y la medicina.

Quiso compartir lo aprendido con las estrellas y esa noche se topó con la estrella Casiopea, quien le dijo:

—Recuerda que también en tu cabeza están los ojos para ver y mirar, el oído para oír y escuchar, la nariz para oler y respirar, y la boca para comer, degustar y hablar...

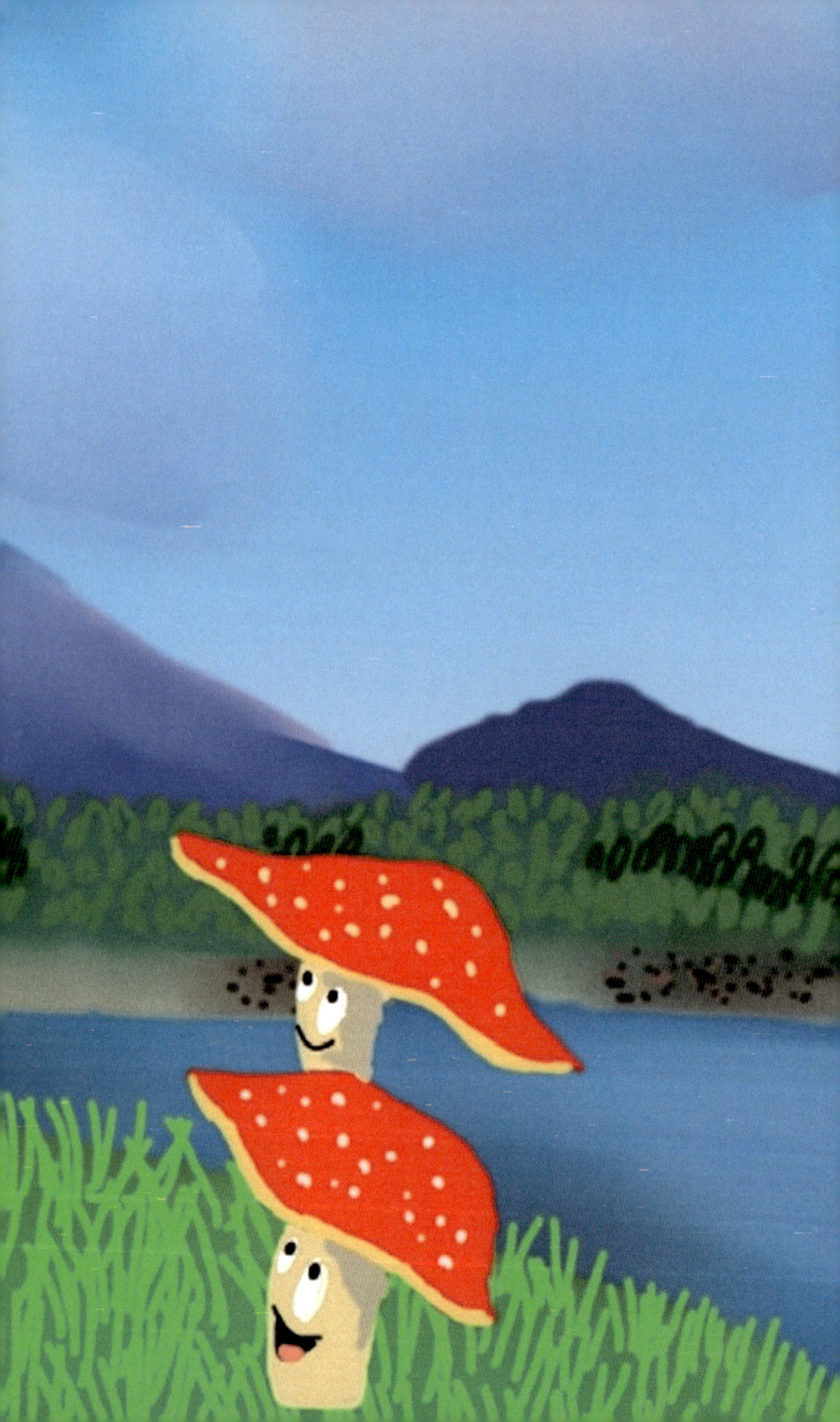

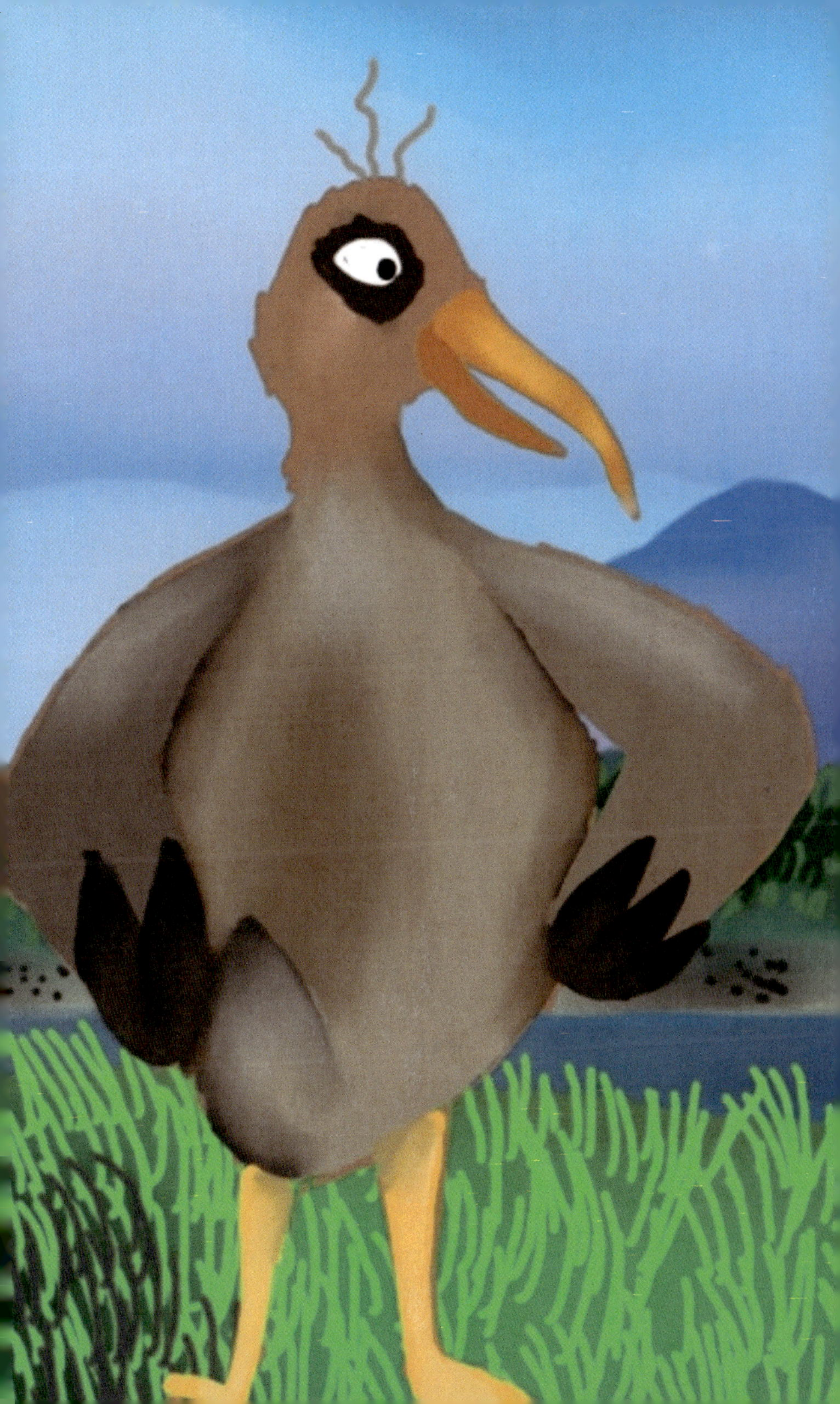

—Usa la cabeza.

Al recordar, pensó, dominó el miedo y se le vinieron a la mente muchas cosas para salvar a sus amigos; sin embargo, no pudo socorrerlos a todos.

Extenuada, volvió a donde estaba su casa, la cual ya no existía, y durmió y durmió. En medio de sus sueños algo revelador aconteció:

—¡Viste qué importante es pensar! Ahora imagina y planifica cómo recuperar todo y enseña a tus amigos. Pero hay más, mucho más, observa, analiza y saca tus conclusiones, inventa, crea.

Se puso a observar la naturaleza y encontró una fuente gigantesca de cosas en que ella nunca se había fijado, como, por ejemplo, que las aguas su-

Al otro día, recordó lo que le había dicho Marte, y estuvo murmurando repetidamente:

—¿Para qué voy a pensar si sé que lo que tengo que hacer es caminar, buscar la comida, comer, dormir y comunicarme con mis compañeros? ¿Qué más tengo que pensar?... Ese Marte sí es duro y arrogante, no sabe que yo sé lo que tengo que hacer. Y así se fue a dormir. La mañana fue como otra cualquiera. Mas luego, un gran acontecimiento ocurrió. Vino un torrencial aguacero y arrasó con todo. Sus amigas y amigos clamaban por ayuda y ella, aterrorizada, no sabía qué hacer, pero de repente se acordó de lo que le había dicho Marte:

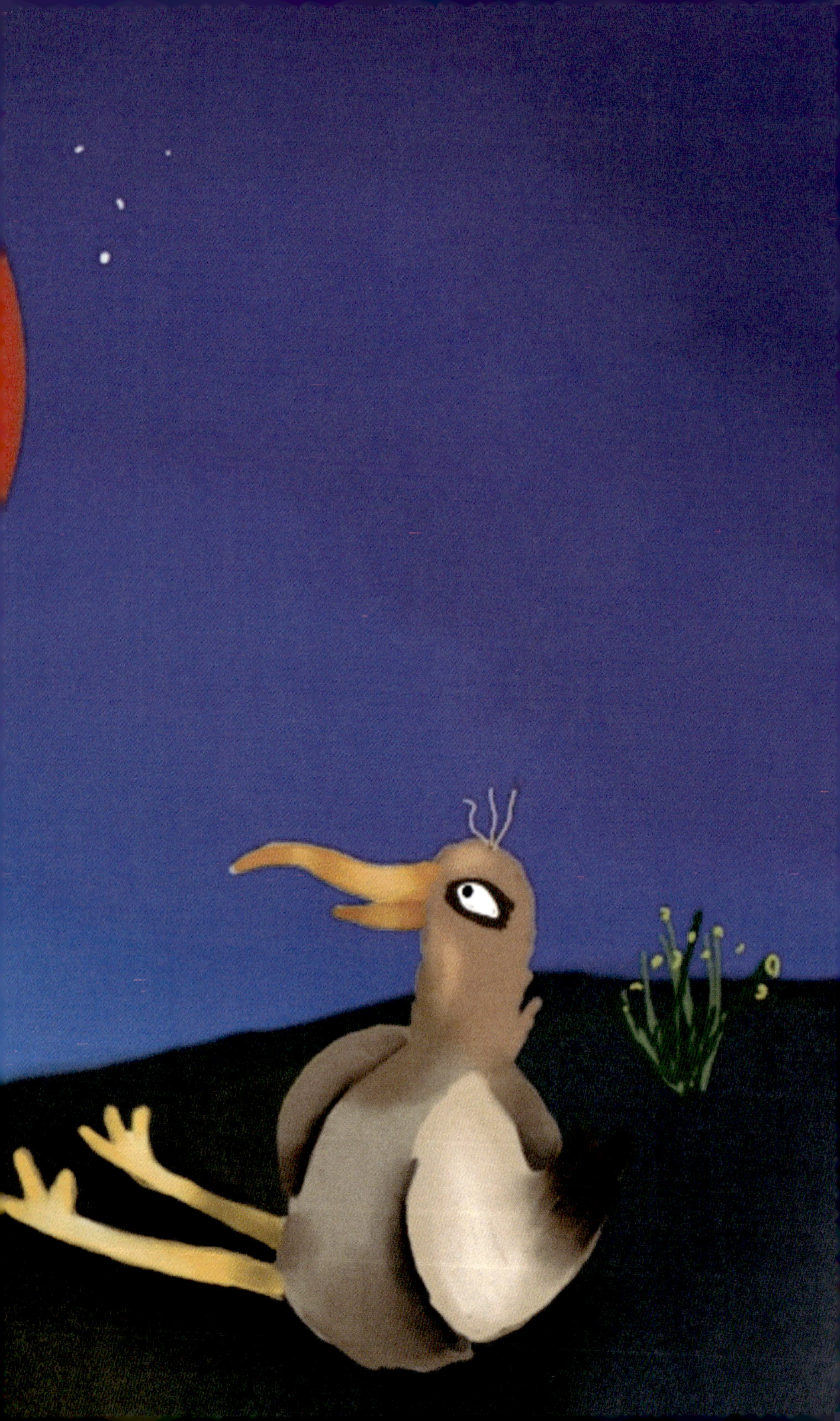

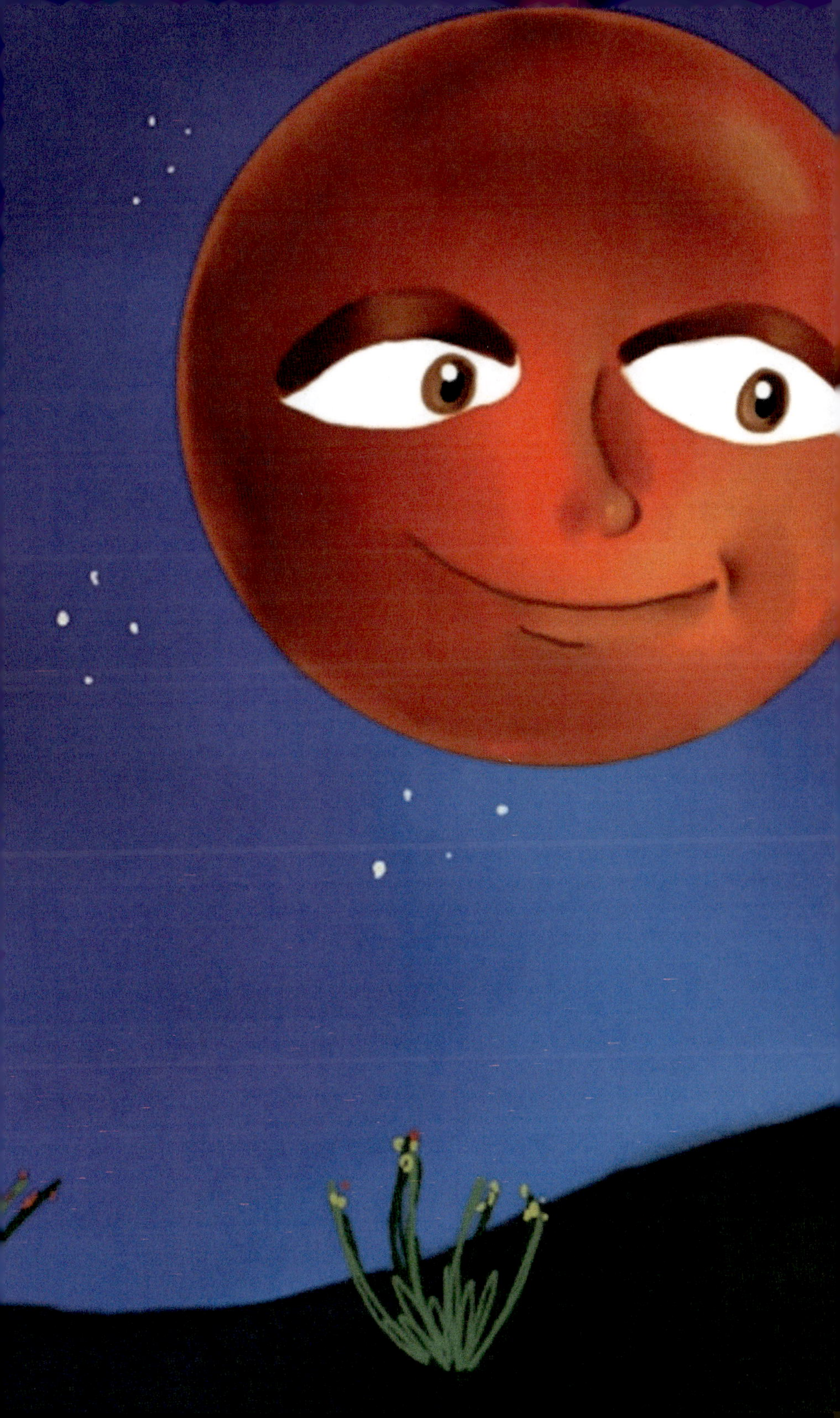

Marte le enseña a usar la cabeza

Volvió la noche y ya no vio más a las estrellas de Piscis. Extrañada se quedó mirando al cielo cuando de repente distinguió un astro grande, y esta vez no era una estrella sino un planeta llamado Marte. Para su sorpresa, ¡le habló!... Le dijo que ella sostenía una cabeza grande que debía usar porque allí estaba su centro de comando, y que si la utilizaba bien, pensando adecuadamente, todo tendría sentido.

—¡Guao! —se dijo—, ¿qué es eso? ¿Usar la cabeza? Eso es complicado. No, no, no. ¡A mí me da flojera!...

Quienes la observaban se contagiaron de felicidad. Así fue que supo que no es importante lo rápido del caminar sino lo seguro, y hacerlo bien. Igualmente, que a diferencia de las plantas nos podemos mover de un sitio para otro a nuestro propio antojo.

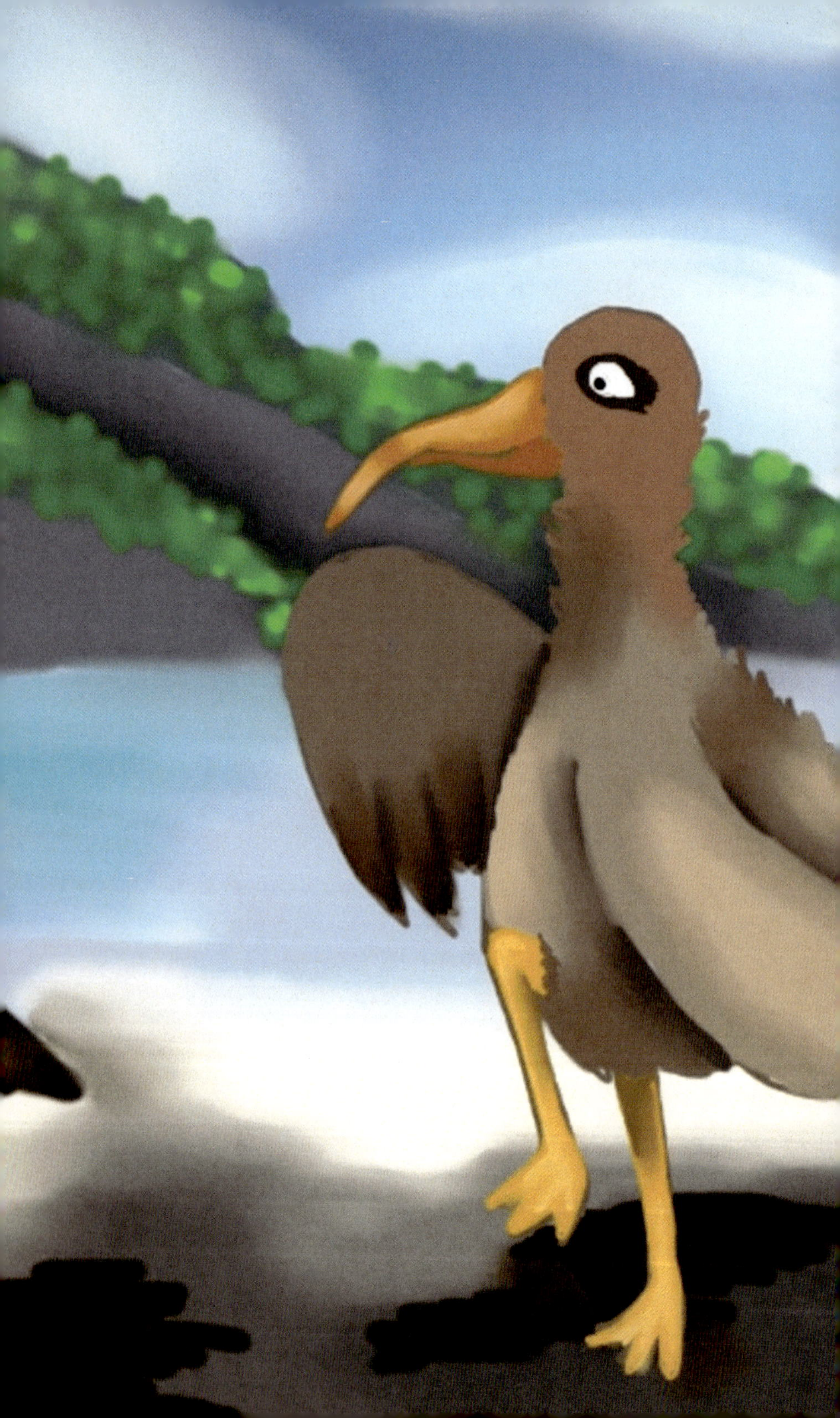

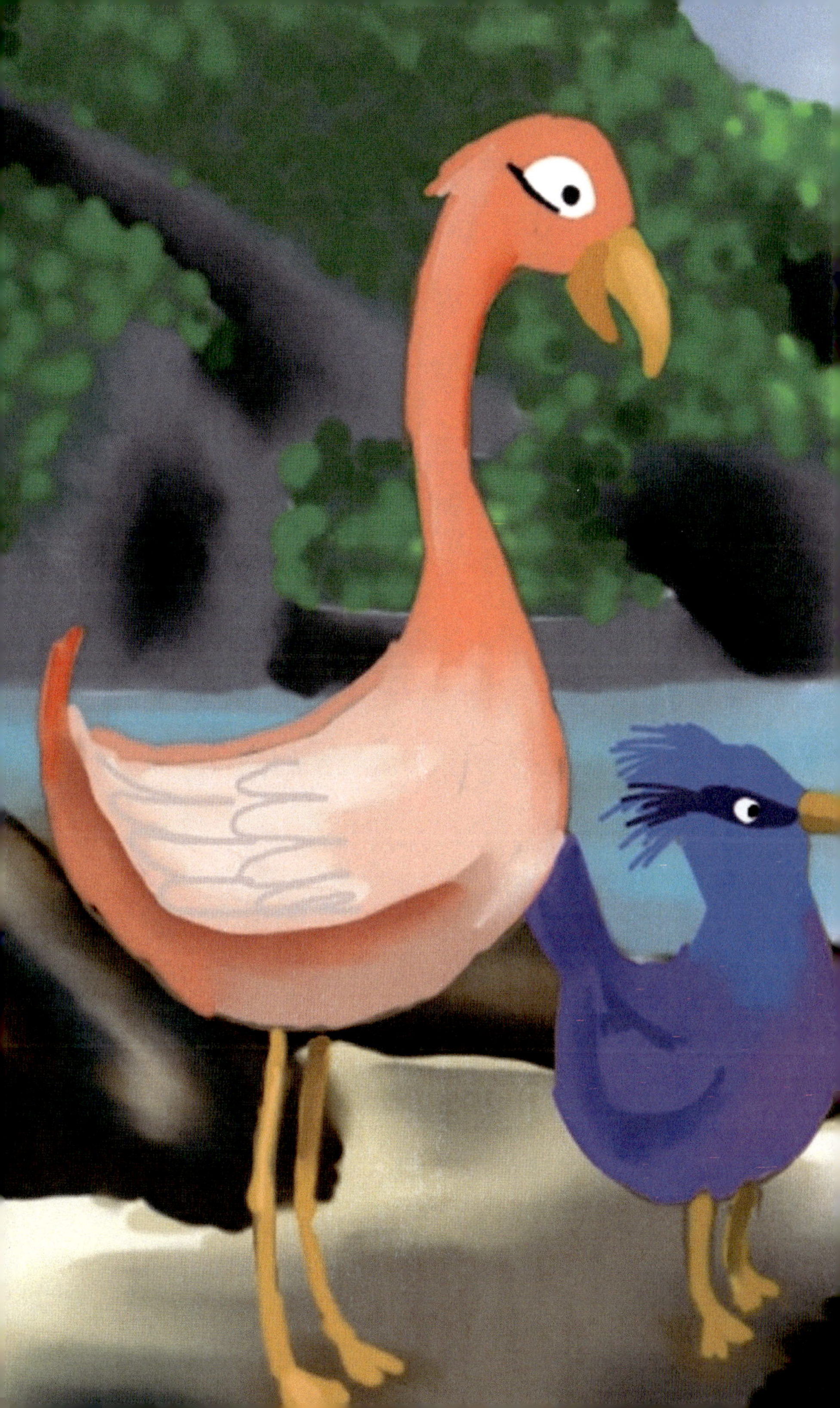

Esa noche las estrellas no le hablaron y ella durmió muy triste. Así pasaron los días y se le dificultaba vencer la pena de mostrar sus patas; sin embargo, como había aprendido lo hacía bien, y alguien le preguntó por qué caminaba así, por lo que no le quedó más remedio que compartir, decirle cómo. En ese momento, sintió una gran felicidad. Por primera vez la habían escuchado y aprendido de ella.

Luego, al regresar la noche, buscó a sus estrellas y estas brillaban de alegría de una manera especial. Y así fue como, a la mañana siguiente, sus patas feas y escamosas se transformaron y empezaron a resplandecer, a moverse y a bailar.

Desde ese día empezó a hacerlo así, pero era difícil, tenía que poner toda su atención en sus patas y esto le impedía fijarse en otras cosas. Hasta que de pronto logró hacerlo bien y de forma automática, sin tener que pensar en sus extremidades. Cuando llegó la noche volvió a ver a las estrellas y les dio las gracias porque ya no le dolían tanto. Las estrellas felices le asignaron una misión por cumplir: que a todo el que viera le enseñara sus patas y la forma como debemos caminar. Ella temerosa dijo...

—Pero si yo no quiero que nadie me las vea, porque ¡son demasiado feas!

Durmió y al día siguiente, consternada, empezó a caminar como había aprendido, pero no se atrevió a enseñarle a nadie lo que ella hacía.

rumbo, de arrastrarlas, se sentó y miró al cielo. Entonces, vio unas hermosas estrellas y, triste, se puso a hablar con ellas. Al preguntarles sus nombres le dijeron que pertenecían a la constelación de Piscis.

A la mañana siguiente se sintió un poquito mejor, pero nuevamente en la noche sentía sus patas cansadas. Esta vez, viendo a las estrellas sintió una voz interior que le decía cómo debía caminar, y entendió por qué las patas miran hacia delante en busca de un camino. También, por qué con ellas nos mantenemos en equilibrio, y por qué debemos apoyar primero el talón, continuar con la planta y luego apoyar la punta.

El ave y sus patas

Érase una vez un ave que poseía unas patas grandes y feas, cubiertas de escamas como los peces, y con muslos largos y frágiles. Un cuerpo gordo con alas como de ángel, cuello largo, cabeza con grandes ojos y pico. En el centro de la cabeza, en vez de plumas, tenía tres pelos. Cosa inusual, porque todo el mundo sabe que las aves tienen plumas y no pelos.

Cuando la miraban, todos se reían, y ella trataba de comunicarse pero no la tomaban en cuenta, por lo que una noche, después de un largo día, ya con las patas cansadas de tanto caminar sin

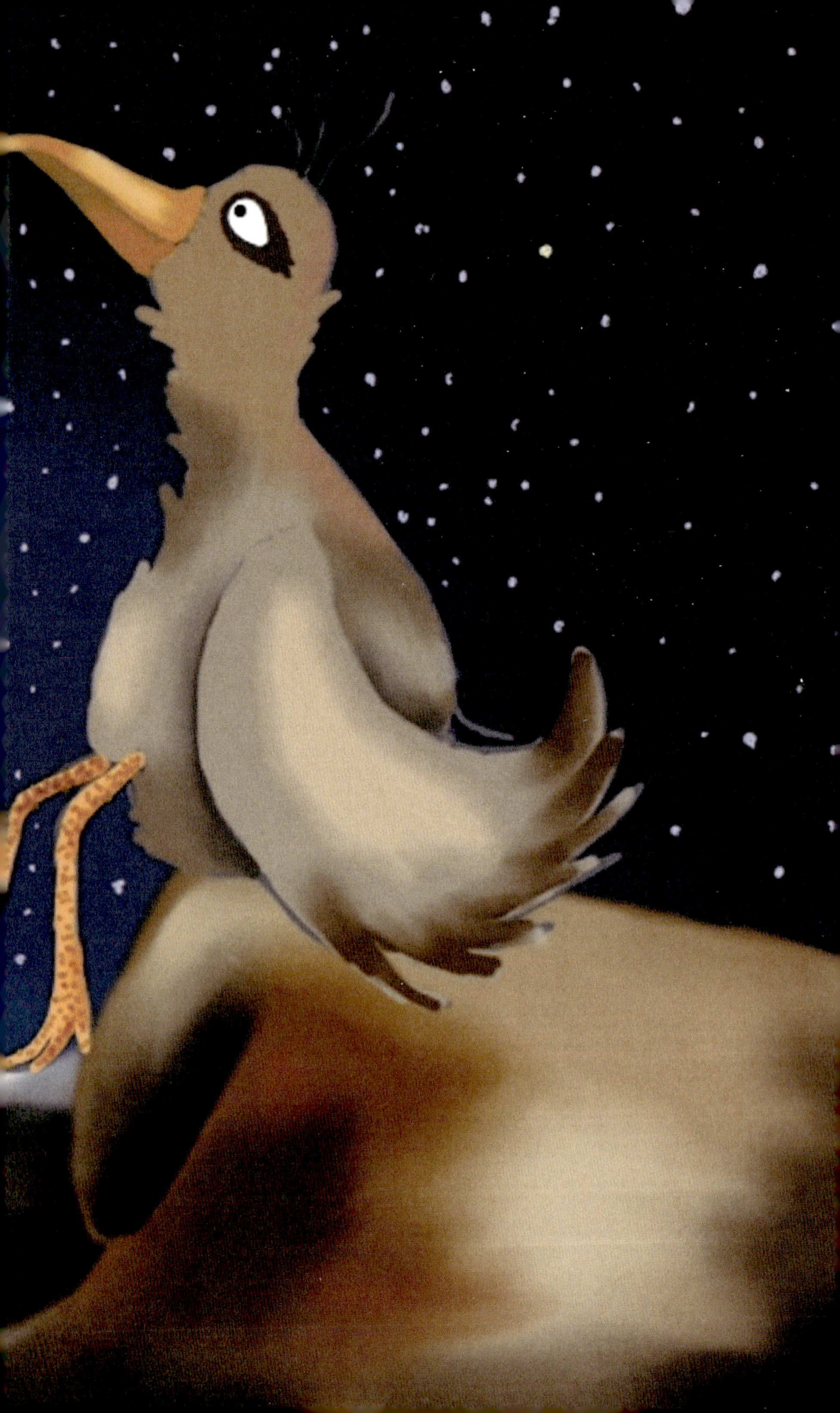

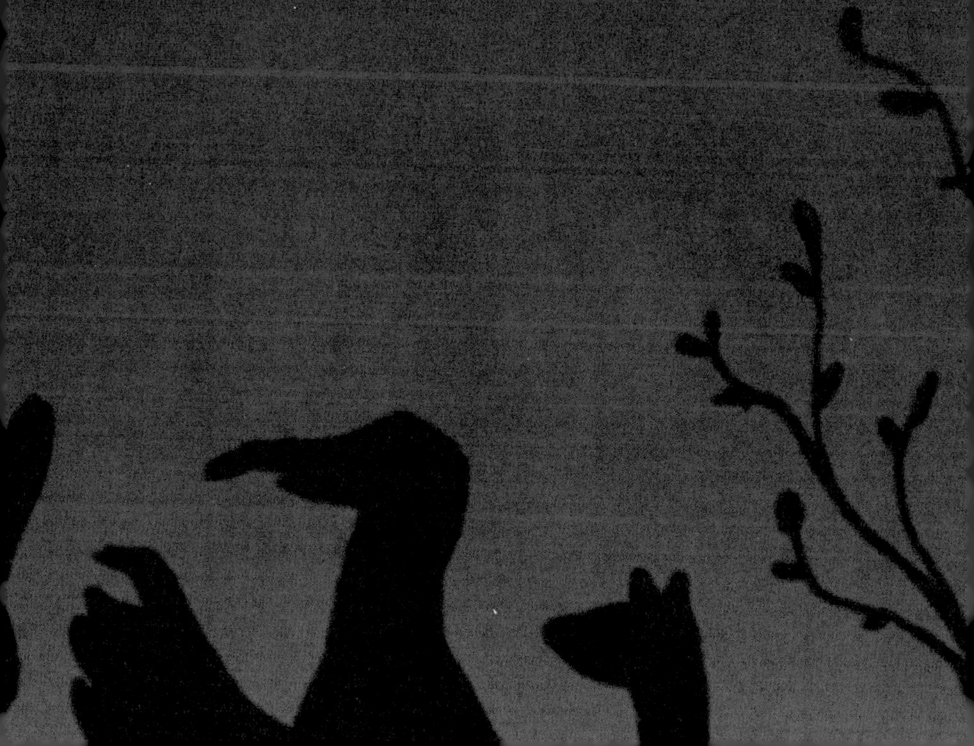

Ave Fenghuang

Antes de despedirse, el ave le explicó que solo los niños especiales como él podían ver y escuchar a la Presencia Universal, y que bastaba con llamarle con el pensamiento para ir a su encuentro. En ese mismo momento, cuando se despedía del niño, se le cayeron los tres pelos que tenía en la cabeza.

El ave subió al volcán con la conciencia del trabajo realizado. Al llegar al tope, la Tierra, a través del volcán, le manifestó la fortuna de haber desarrollado las habilidades que ahora poseía, alcanzadas gracias a la constancia y la perseverancia.

En ese momento, las plumas del ave cambiaron de color y ¡se transformó!... en el hermoso Ave Fenghuang: su cabeza es el Cielo, los ojos el Sol, el lomo la Luna, las alas el Viento, las patas la Tierra, y la cola con sus plumas de los colores elementales: negro, azul oscuro, verde, rojo naranja, azul claro, rosado magenta, amarillo y blanco, que son los planetas, y las estrellas del firmamento.

Piensa que, al igual que esta ave, tú también podrás transformarte en el Fenghuang. Alcanzando el equilibrio simbolizado en esta maravillosa Ave de mis Sueños...

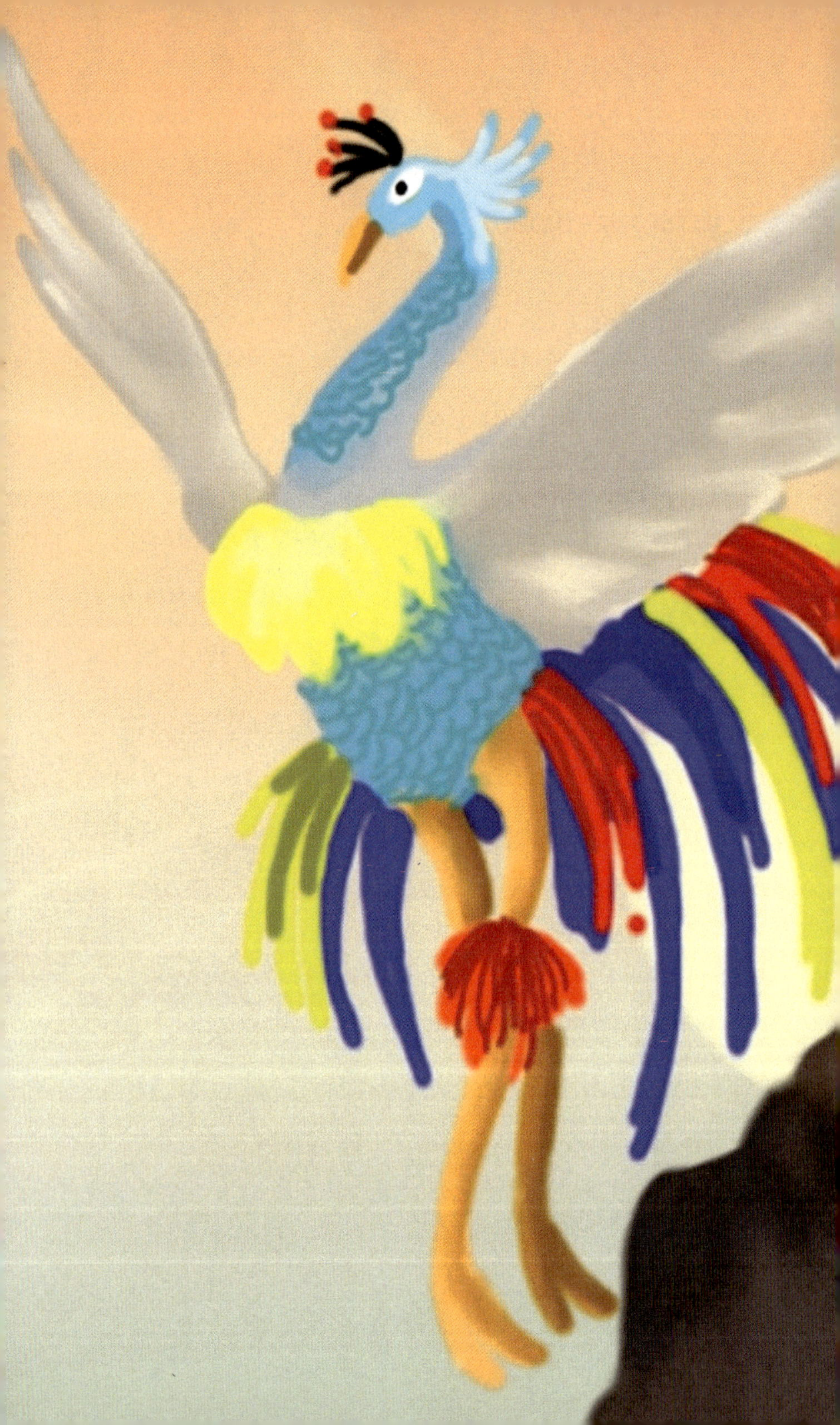

Esta edición de *El ave de mis sueños,* de la autora María Mercedes Gessen, fue realizada por FB Libros en la ciudad de Caracas en el mes de mayo del año dos mil veintidós.

B LiBROS

Made in the USA
Columbia, SC
29 September 2024

0ddce1c8-94cd-4b6b-a968-f45debdbfa70R01